STEIN-
WÜSTE
es tal
DIABOLON
KRISTALLGEBIRGE
HÜTTE DER
MAGIER
TURM DER LEBENSUHREN
en
BURG DER
WÖLFE
SCHULE DER
GERECHTEN
GRAUER SUMPF
oss

THOMAS BREZINA

DRACHENHERZ

Leons Auftrag

Mit Illustrationen von Jan Reiser

Schneider Buch
EGMONT

SO KENNT UNS JEDER!

Ich bin Lara. Am liebsten bin ich mit meinen Freundinnen zusammen. Dann geben wir den vorbeigehenden Jungen Noten.

Ich heiße Leon und fühle mich oft als Versager. Früher hatte ich keine Freunde, doch das ist jetzt anders.

Man nennt mich Chip, weil ich am liebsten Chips esse. Ich habe schon jede Menge Mist gebaut, das gebe ich gerne zu. Aber kein Mensch ist perfekt, oder?

Ein grüner Füller und drei Gürtel haben unser Leben verändert. Denn wir sind …

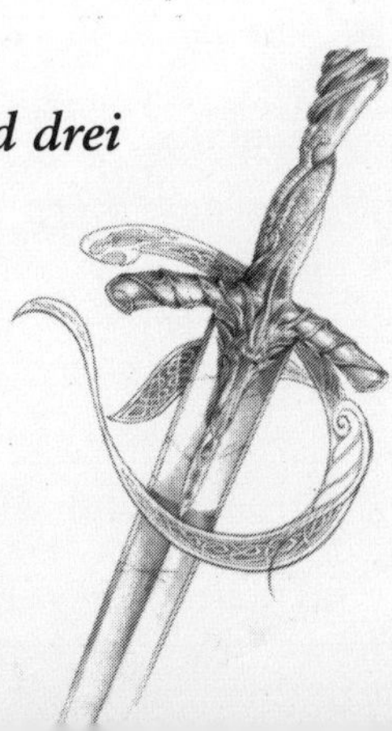

DIE DRACHENRITTER

Es gibt nicht nur unsere Welt, sondern noch eine zweite, die Unsichtbare Welt. Dort existieren viele böse Mächte, die versuchen, unsere Welt zu erobern. Wir müssen das verhindern.

Leons Großvater war auch Drachenritter. Von ihm hat Leon den Auftrag und unsere Ausrüstung übernommen.

Und er hat ihm einen wichtigen Satz mit auf den Weg gegeben: „Hör auf deine innere Stimme, sie wird dir den richtigen Weg weisen.“ Naja, meine innere Stimme schweigt manchmal, und dann wird’s schwierig.

verlegt durch EGMONT Verlagsgesellschaften mbH,
Gertrudenstraße 30–36, 50667 Köln

Titelbild und Illustrationen: Jan Reiser, München
Umschlaggestaltung: Christa Marek, Köln
Lektorat: Theo Butz
Herstellung/Satz: Gabi König, München
Druck und Bindung: CPI – Ebner & Spiegel, Ulm
ISBN 978-3-505-12417-4

09 10 / 8 7 6 5 4 3 2

Der blinde Magier

Am Fuß der langen verschlungenen Wendeltreppe, die sich mit engen Stufen bis in den höchsten Turm der düsteren Grabsteinburg schraubte, standen zwei mächtige Girgs und hielten Wache. Sie erinnerten an grünlich leuchtende Kürbisse mit Glotzaugen und breiten Mäulern. Ihre Arme und Beine waren kurz und dick.

Niemand konnte die Girgs leiden. Das lag auch an dem ekligen Gestank, den sie verströmten. Sie rochen nach saurer Milch und fauligem Fleisch, denn vom Waschen oder Baden hielten sie nichts.

Beliebt waren sie nur als Wächter. An ihnen kam niemand vorbei. Die Girgs verteidigten alles, was man unter ihren Schutz stellte, und benötigten dazu nicht einmal Waffen. Ihre schwabbeligen Körper konnten sich verformen, dehnen und strecken, als wären sie aus Gummi. Auf diese Weise hüllten die Girgs Angreifer und Feinde einfach ein.

Was sich dann abspielte, wusste man nicht so genau. Aus der Umklammerung eines Girgs war noch nie jemand in seiner alten Gestalt entkommen. Denn wenn sich die Girgs von ihren Opfern lösten, so hatten sich die ebenfalls in wabbelnde, stinkende Girgs verwandelt.

„Was tut der Herr dort oben in der Turmkammer?“, fragte der eine Girg den anderen.

„Er redet bestimmt mit dem blinden Magier.“

„Und worüber redet er?“

„Das weiß ich doch nicht. Ich weiß nur, dass er jedes Jahr dreimal hochsteigt. Und wenn er herunterkommt, ist er wütend und flucht.“

„Und warum flucht er?“

Der Girg verformte sich zu einer grässlichen Fratze, rollte die riesigen Augen und streckte dem anderen seine meterlange Zunge entgegen.

„Hör mit dieser Fragerei auf!“, schrie er schrill und sah seinen Kollegen drohend an.

Seine Stimme schallte die vielen Windungen der Treppe nach oben und hallte von den Wänden wider. Eine Tür wurde knarrend geöffnet.

„Ist dort unten endlich Ruhe? Oder soll ich

euch in die Feuerwüste schicken?“, brüllte jemand mit wütender Stimme herunter.

Erschrocken duckten sich die beiden Girgs. Die Feuerwüste war für sie der schlimmste Ort, denn dort konnten sie keine drei Tage überleben. Die Sonne trocknete sie aus, bis sie zu Sand zerfielen. Lord Drakill stand am oberen Ende der Treppe und wartete. Als er nichts mehr hörte, warf er schwungvoll seinen langen, schwarzen Umhang hinter sich und kehrte mit großen Schritten in die Turmstube zurück.

Der Raum war düster und bedrückend und wie die ganze Burg aus alten Grabsteinen erbaut. Die Innenwände der Turmkammer waren nicht glatt, sondern bestanden aus lauter gemeißelten Tier- und Dämonenfratzen.

Der blinde Magier war uralt. Er trug ein nachtblaues Gewand, in dem sich Spinnen und Käfer eingenistet hatten. Die große dunkle Kapuze hatte er über seinen kahlen Kopf bis tief in die Stirn gezogen.

Lord Drakill ging auf die halbhohe hölzerne Säule in der Mitte des Raumes zu. Dort stand der Magier, der sich mit seinen knochigen Fingern an ihr festklammerte.

„Los, jetzt wirf endlich die Steine!“, befahl der Burgherr kalt. „Ich will eine Antwort.“

Er trug wie jeden Tag eine glänzende Maske vor dem Gesicht, in der sich jetzt der untere Teil des Gesichts des Magiers mit den dünnen, dunklen Lippen spiegelte.

Der alte Mann holte weiße, schwarze und graue Kieselsteine aus einer tiefen Tasche seines Mantels und warf sie auf die Holzplatte, die auf der Säule lag. Mit brüchiger Stimme beschwor er sie: „Steine der Wahrheit, zeigt den Träger des Drachenschwertes!“

Die Steine begannen von ganz allein sich zu bewegen. Im wilden Zickzack schossen sie über die polierte Holzplatte, purzelten durcheinander und übereinander und schienen es sehr eilig zu haben, an eine ganz bestimmte Stelle zu gelangen. Ein Stein nach dem anderen kam zur Ruhe.

Gespannt starrte Lord Drakill auf das entstehende Muster. Am Kragen seines Umhangs richteten sich schwarze Zacken auf, die an die Borsten eines angriffslustigen Stachelschweins erinnerten.

Zuerst war das Bild, das die Steinchen bildeten, unscharf und verschwommen. Nach und nach wurde es dann aber klarer. Es zeigte einen alten Mann, der gütig, fast ein wenig triumphierend lächelte.

Außer sich vor Wut schlug Lord Drakill heftig mit der Faust auf die Holzplatte. Die Steinchen wurden in die Höhe und quer durch die Turmkammer katapultiert.

„Zügelt Euren Zorn!“, flehte ihn der Magier unterwürfig an.

Der Burgherr ballte die Fäuste so fest, dass seine Knöchel weiß hervortraten.

„Solange *er* das Drachenschwert trägt, werde ich es niemals in die Hände bekommen. Und ohne das Schwert bin ich in unserer Welt gefangen“, zischte Lord Drakill.

Grußlos wandte er sich von dem alten Magier ab und stürmte fluchend die Treppe hinunter.

Die Girgs nickten einander zu. Es war alles wie immer.

Der blinde Magier aber klatschte in die knochigen Hände, damit die Steine der Wahrheit wieder zu ihm zurück in seine Tasche kamen.

Doch die Steine blieben auf dem Boden. Sie sammelten sich vor den Füßen des Magiers und erschufen ein neues Bild. Wieder war es ein Gesicht. Es ähnelte den Zügen des alten Mannes, doch gab es einen bedeutenden Unterschied. Diesmal war es das Abbild eines Jungen.

Obwohl der Magier es nicht sehen konnte, spürte er die Kraft, die davon ausging.

„Herr! Kommt zurück!“, rief er Lord Drakill nach. „Ich habe Neuigkeiten für Euch. Das Drachenschwert wird vielleicht schon bald in Euren Händen liegen!“

Auf der Flucht

Leon rannte, so schnell er konnte. Doch das war leider nicht schnell genug. Seine Verfolger rückten näher und näher. „Sie dürfen mich nicht kriegen!“, war Leons einziger Gedanke.

Sie, das waren Brutus, Chip und Ralph. Brutus war seit einiger Zeit der Schrecken der Schule. Er hatte jede Menge Muskeln, und sein Hobby war es, alle zu terrorisieren, die schwächer waren als er. Chip und Ralph hatten nicht halb so viel Kraft wie er, waren dafür aber bullig und eiferten ihrem Vorbild nach. Für sie war es die größte Ehre, gemeinsam mit Brutus Jagd auf jüngere Schüler zu machen.

„Du entkommst uns nicht, Kleiner!“, hörte Leon Brutus höhnen. „Freust du dich schon auf den Tauchgang in der Toilette?“

Chip und Ralph stimmten in das Lachen ihres Anführers ein.

Vor zwei Tagen hatte Leon es mit eigenen Augen gesehen. Die drei hatten einen anderen Jungen aus seiner Klasse gepackt und seinen Kopf in die Kloschüssel gesteckt. Unter schallendem Gelächter hatte Brutus dann die Spülung gedrückt.

Dabei stellten es die drei immer so schlau an, dass sie niemals von einem Lehrer ertappt wurden. Und wenn es jemand wagte, sie zu verpfeifen, musste er sich auf schreckliche Racheaktionen gefasst machen.

Leon spürte bereits Brutus' heißen Atem. Er roch nach Salami, von der er während eines Schultages oft eine halbe Stange verdrückte.

Leon verließ die Kraft. Er war weder stark, noch hatte er viel Ausdauer. Er zählte auch nicht gerade zu den Mutigsten. Überhaupt fühlte er sich meistens als Versager und Außenseiter. Der ewige Spott seines großen Bruders Carsten hatte großen Anteil daran.

Es war aus! Brutus' feuchte, fleischige Hand klatschte auf Leons Schulter. Doch es gelang Leon, sich dem Griff zu entwinden und mit ein paar schnelleren Schritten noch einmal zu entkommen.

Brutus schnaubte wütend.

Vor Leon tauchte ein graues Gebäude auf. Er kannte das Haus. Es war das Altenheim, in dem sein Großvater lebte, den Leon noch nie gesehen hatte. Sein Vater hatte sich vor langer Zeit mit dem Großvater zerstritten, und seither sprachen sie kein Wort mehr miteinander.

Mit letzter Kraft hechtete Leon zur Eingangstür des Hauses und drückte die Klinke hinunter. Mit einem Geräusch, das an ein tiefes Seufzen erinnerte, schwang die Tür nach innen auf. Leon stolperte in eine Vorhalle, aus der ihm kühle Luft entgegenschlug.

Brutus und die beiden anderen wollten ihm nach, aber Leon schlug ihnen die Tür vor der Nase zu. Der Knall schien durch das ganze Haus zu hallen.

Eine Frau in grauer Krankenschwesterntracht kam ihm entgegen. Ihr Gesicht war verkniffen, die Lippen dünn wie zwei Striche.

„Was soll der Krach?“, schimpfte sie. „Hinaus, hier hast du nichts zu suchen!“

„Do... doch“, stotterte Leon. „Ich ... ich will meinen Großvater besuchen.“

„Und wer soll das sein?“

„Er heißt ...“ Leon machte eine kurze Pause.

Er kannte nicht einmal den Vornamen seines Großvaters. Da er aber der Vater seines Vaters war, mussten beide den gleichen Nachnamen haben. „Er heißt Pollux."

Überrascht hob die Krankenschwester eine Augenbraue. „Du bist der Enkel von Herrn Pollux? Er wohnt seit zwanzig Jahren hier und hat noch nie Besuch bekommen."

Verlegen blickte Leon auf seine Schuhspitzen.

„Das ... das hat Gründe", sagte er ausweichend. Gründe, die er nicht kannte.

„Du findest ihn in Zimmer 413, oben im vierten Stock. Allerdings weiß ich nicht, ob er dich sehen möchte."

Leon konnte das verstehen.

„Er hat in den zwanzig Jahren, die er hier ist, kaum ein Wort gesprochen. Vielleicht hätte sich seine Familie um ihn kümmern sollen?" Die Schwester starrte Leon vorwurfsvoll und durchdringend an.

Um ihr zu entkommen, nickte Leon ihr kurz zu und lief dann die Treppe nach oben. Keuchend erreichte er den vierten Stock. Er blickte den langen, düsteren Korridor hinunter und ging langsam von Zimmer zu Zimmer.

Im Haus war es sehr still. Nur ab und zu war ein Husten oder ein Räuspern zu hören.

Und dann stand Leon vor der Tür mit der Nummer 413. Eigentlich wollte er umdrehen und wieder gehen. Aber der Gedanke an Brutus und seine Freunde, die bestimmt vor dem Haus auf ihn lauerten, hielt ihn zurück.

Und auf einmal war Leon neugierig. Er wollte seinen Großvater unbedingt kennenlernen. Wer war der Mann, mit dem er nie hatte sprechen dürfen?

Zaghaft klopfte Leon an die Tür.

„Komm nur herein, ich habe dich bereits erwartet, Leon!“, hörte er eine freundliche Stimme von drinnen sagen.

Leons Herz begann zu rasen. Hatte die Schwester ihn telefonisch angekündigt?

Langsam öffnete er die Tür und schaute sich vorsichtig im Zimmer um. Auf den ersten Blick stellte er fest: Hier gab es kein Telefon.

In einem hohen Lehnstuhl saß ein alter Mann mit schulterlangem schneeweißem Haar. Er trug ein langes, helles Gewand. Als er Leon sah, huschte ein Leuchten über sein müdes Gesicht.

Es wird dein Leben verändern!

„Mach die Tür zu“, forderte der Großvater seinen Enkel auf. „Und komm zu mir.“

„Woher wussten Sie …?“, begann Leon.

„Ich bin dein Großvater, also sag ‚du‘ zu mir“, unterbrach ihn der alte Mann schmunzelnd.

Leon nickte und begann noch einmal. „Woher hast … du gewusst, dass ich vor der Tür stehe?“

Der Großvater legte eine Hand auf seine Brust. „Ich habe es gespürt. Ich habe auf dich gewartet, denn nur du kannst mein Nachfolger werden.“ Er deutete auf einen Fußhocker. „Setz dich, ich habe dir viel zu erzählen.“

In Leons Kopf überschlugen sich die Gedanken. Noch immer raste sein Herz. Obwohl er den alten Mann zum ersten Mal sah, hatte er das Gefühl, ihn schon immer zu kennen.

„Meine Kraft geht zu Ende“, begann sein Großvater. „Es ist Zeit, Abschied zu nehmen.“

„Aber … ich habe dich doch gerade erst kennengelernt!“, rief Leon erschrocken.

„Hör mir genau zu, Leon. Was ich dir zu sagen habe, wird dein Leben verändern.“

Was meinte sein Großvater? War er vielleicht verrückt? Leon lehnte sich ein bisschen weiter nach hinten.

„Nein, ich bin nicht verrückt. Vielleicht etwas anders als andere, aber nicht verrückt.“ Der alte Mann schien Gedanken lesen zu können. „Leon, es gibt nicht nur die Welt, in der du lebst und die wir alle kennen.“

Was sollte das bedeuten?

„Ganz nahe, vielleicht direkt neben dir, befindet sich eine zweite Welt. Da kein gewöhnlicher Mensch sie sehen kann, heißt sie die Unsichtbare Welt. Es ist eine Welt voller Geheimnisse, Gefahren und Wunder.“

Stumm hörte Leon zu. Die Stimme seines Großvaters war weich und trotzdem voller Kraft. Sie drang tief in sein Herz. Obwohl alles völlig unglaublich klang, lösten sich Leons Zweifel in nichts auf.

„Doch gibt es in dieser Unsichtbaren Welt auch böse Mächte. Ihr einziges Ziel ist es, deine

Welt zu erobern und dem Bösen zum Sieg zu verhelfen. Immer wieder versuchen sie, aus der Unsichtbaren Welt zu entkommen, und es gibt nur drei Menschen, die das verhindern können."

„Und wer ist das?", wollte Leon wissen.

„Bisher waren es zwei Getreue und ich. Aber meine Freunde sind bereits gegangen, und auch meine Zeit läuft bald ab. Ich brauche einen Nachfolger. Ich habe schon einmal versucht, meinen Auftrag weiterzugeben. Doch …"

Die Erinnerung schien für den Großvater schmerzvoll zu sein.

„An wen hast du ihn weitergeben wollen?", fragte Leon neugierig.

Erst nach einer langen Pause bekam er eine Antwort: „An jemanden, der seine Fähigkeiten schlecht genutzt und den Kampf gegen Lord Drakill, den Herrscher über die Grabsteinburg, verloren hat. Ich konnte ihn davor bewahren, dass der Lord alles Gute in ihm verbrennt, aber ich habe teuer dafür bezahlt."

Mit einer raschen Handbewegung schlug der alte Mann sein Gewand zur Seite. Leon schrak zurück. Die Beine seines Großvaters waren dünn und von großen Narben übersät. Schnell bedeckte er sie wieder und schloss kurz die Augen. Nach einem langen Augenblick des Schweigens schaute er Leon an und zog aus den tiefen Falten des Stoffes eine Tasche hervor.

Sie war aus abgewetztem braunem Leder und ziemlich zerschlissen. Fast liebevoll strich der Großvater darüber, öffnete sie dann und holte einen grünen Füller heraus.

„Von nun an sollst du es immer bei dir tragen. Es wird dir alles zeigen, was für dich wichtig ist. Es wird dich stark machen, wenn du Stärke brauchst. Es wird dir Klarheit verschaffen, wenn du nicht weiterkommst."

Leon zuckte überrascht zusammen, als er den Füller mit seinen Fingern berührte. Es war, als hätte er einen elektrischen Schlag bekommen.

„Es? Du nennst den Füller immer ‚es'. Man sagt doch *der* Füller", verbesserte er seinen Großvater.

Der alte Mann lächelte milde und forderte seinen Enkel auf, ganz vorsichtig die Kappe des Füllers abzuziehen.

Der erste Versuch klappte nicht, da die Kappe klemmte. Erst beim zweiten Mal schaffte es Leon. Die Folge war überwältigend.

Das Drachenschwert

Mit einem scharfen Zischen verwandelte sich der Füller in ein langes Schwert. Erschrocken sprang Leon auf und ließ es fallen. Federnd und wippend schwebte die Waffe in der Luft.

Das Metall strahlte hell und golden. Das Schwert war mit mehreren Edelsteinen besetzt, die um die Wette blitzten. Der aufwendig verzierte Griff aber war das Prachtvollste. Ein Drachenkopf befand sich genau an der Stelle, an der der Griff in die Klinge überging.

Der Drache hatte weder etwas Wildes noch etwas Böses an sich. Er schien Leon interessiert zu mustern und ihm sogar zuzuzwinkern.

Das Schwert schwebte zum Großvater und ließ sich langsam in seine Hände sinken.

„Nein, Drachenherz, dort steht dein neuer Träger!“, sagte der alte Mann ruhig und wies mit einer Hand auf Leon.

Da erhob sich das Schwert wieder und bewegte sich auf Leon zu. Den kostete es einige Überwindung, stehen zu bleiben.

„Leon, ich schlage dich hiermit zum Drachenritter! Du sollst in Zukunft die Welt gegen das Böse verteidigen. Das Drachenschwert gehört dir. Drachenherz wird dir helfen, deine Aufgabe zu erfüllen. Nütze seine Kraft, aber missbrauche sie nicht. Niemals!"

Langsam senkte sich die Schneide und berührte Leon erst auf der linken und dann auf der rechten Schulter.

Ein warmes Gefühl durchströmte ihn.

Die Tasche aus abgewetztem Leder war aber noch nicht leer. Sein Großvater holte einen Ledergürtel mit einer glänzenden Schnalle heraus. Sie hatte die Form zweier Drachenklauen, die ineinander verschränkt werden konnten.

„Leg ihn an!"

Gehorsam tat Leon, was sein Großvater verlangte, und zog den Gürtel durch die Schlaufen seiner ausgebeulten Hose.

„Schließe die Schnalle und zieh dann an den Klauen!"

Als Leon das tat, spürte er, wie etwas Kühles

an seinem Rücken und seiner Brust in die Höhe glitt. Ein metallisches Klicken war zu hören.

Fassungslos sah Leon an sich hinab.

Er trug einen schützenden Brustpanzer, der aus dem gleichen golden glänzenden Metall war wie das Drachenschwert. Der untere Teil bestand aus einzelnen Schuppen, die ihn beweglich machten. Über den Schultern waren Schulterklappen angebracht.

Der Großvater hielt noch zwei weitere Gürtel hoch. Bei einem war die Schnalle kupferfarben, beim anderen blau. „Für deine Getreuen, die du dir bald suchen musst. Doch das Drachenschwert, das gibt es nur einmal."

„Werde ich kämpfen müssen?", fragte Leon.

„Du wirst Mut, Klugheit und Geschick beweisen müssen. Das Böse kannst du nicht mit Schwerthieben besiegen."

„Aber wo ist diese Unsichtbare Welt? Wie komme ich dorthin?" Zum ersten Mal wagte Leon es, nach dem Drachenschwert zu greifen. Der Griff schmiegte sich in seine Hand.

„Schneide mit dem Schwert ein Fenster in die Luft und krieche hindurch!", erklärte sein Großvater.

In Leons Ohren klang das alles noch immer völlig verrückt. Vielleicht hielt er hier auch nur Zauberutensilien in Händen. Vielleicht war sein Großvater ein Betrüger.

„Leon, ich bin kein Betrüger!"

Der Junge zuckte erschrocken zusammen. Sein Großvater schien tatsächlich seine Gedanken lesen zu können.

„Ich weiß, dass aus dir ein hervorragender Drachenritter werden wird. Lass dich nicht von anderen verunsichern. Hör auf deine innere Stimme, sie wird dir den Weg zeigen." Das Gespräch schien den Großvater angestrengt zu haben. Er seufzte tief und sagte: „Jetzt musst du gehen."

„Aber ich komme wieder!", versprach Leon.

Ein stummes Lächeln war die einzige Reaktion auf diese Zusicherung.

Es war nicht schwierig, Schwert und Rüstung verschwinden zu lassen. Es genügte, die Spitze des Schwertes mit der freien Hand leicht nach unten zu drücken. Schon schob es sich zusammen und wurde wieder zu einem unscheinbaren grünen Füller. Als Leon die Drachenklauen am unteren Rand der Rüstung gegeneinanderpresste, glitt der goldene Panzer an ihm herab und schrumpfte zu einer fast normalen Gürtelschnalle zusammen. Leon legte die Sachen in die Ledertasche und hängte sie sich um.

„Leb wohl, Leon!“, sagte sein Großvater zum Abschied.

Leon wusste nicht, was er tun sollte. Schließlich gab er sich einen Ruck und umarmte den alten Mann.

„Du schaffst das schon. Alles, was du brauchst, ist in dir!“, gab ihm sein Großvater mit auf den Weg. „Und jetzt geh.“

In der Tür drehte sich Leon noch einmal um. Sein Großvater schien auf einmal noch viel älter, müder und zerbrechlicher.

„Und noch etwas: Zeig niemals deinem Vater das Schwert und die Rüstung.“

„Warum nicht?“, wollte Leon wissen.

„Das musst du selbst herausfinden!“

Bevor Leon noch weitere Fragen stellen konnte, fiel die Tür hinter ihm von allein zu und drängte ihn auf den Gang hinaus.

Wie benommen wankte Leon zur Treppe. Wäre nicht die Ledertasche gewesen, die an seiner Schulter hing, er hätte alles für einen Traum gehalten.

Doch als er auf die Straße hinaustrat, kehrte die Realität sofort wieder zurück. Zwei kräftige Hände legten sich auf seine Schultern.

„Haben wir dich endlich!“, zischte ihm Brutus ins Ohr. „Freu dich schon auf dein Bad!“

Unauffällig ließ Leon die Hand in die Ledertasche gleiten und holte den Füller heraus.

Die Enttäuschung

Leon fühlte sich plötzlich stark. Echt stark. Jetzt konnten die drei etwas erleben. Sie sollten sehen, wen sie vor sich hatten. Um Gnade würden sie flehen. Winseln würden sie. Er war der Drachenritter. Er würde es ihnen zeigen.

Er zog an der Kappe des Füllers. Doch er bekam sie nicht ab.

Also zog er ein zweites Mal. Vorhin hatte es ja auch nicht sofort geklappt.

Die Kappe klemmte.

Leon riss und drehte. Aber ohne Erfolg.

„Was haben wir denn da?", fragte Brutus grinsend und riss Leon den Füller aus der Hand.

„Gib ihn zurück, er gehört mir!", keuchte Leon entsetzt.

„Hol ihn dir!" Brutus warf ihn Chip zu, der ihn fing und Leon damit vor der Nase herumfuchtelte. Als Leon danach greifen wollte, warf er ihn Ralph zu. So ging es immer weiter. Leon stolperte zwischen den dreien herum, die sich an seiner Verzweiflung weideten.

Noch schlimmer aber als das Gespött der Jungen war für Leon die Enttäuschung. Er hätte es gleich wissen müssen. Es gab keine Schwerter, die in Füllern steckten.

Das Tor des Altenheimes wurde aufgerissen, und die Frau in der Schwesterntracht trat heraus. Sie schimpfte: „Was soll der Krach?"

Überrascht drehten sich Brutus und seine beiden Helfer zu ihr um. Leon nützte diesen Moment, entriss Ralph den Füller und rannte los. Er machte riesige Schritte, um schneller voranzukommen. Rannte und rannte, um Häuserecken und blindlings über Straßen.

Autos hielten mit quietschenden Reifen.

Er wurde angehupt.

Und hinter ihm grolte Brutus: „Du entkommst uns nicht!"

Leon flüchtete in eine Hauseinfahrt, stolperte in einen dunklen Durchgang und kam in einen Innenhof.

Wütend schleuderte er den Füller zu Boden. Sofort sprang die Kappe ab, und das Drachenschwert entfaltete sich zu voller Größe. Von ganz allein schwebte es in Leons Hand.

Der Junge war sprachlos.

Der Drache auf dem Griff zwinkerte ihm wieder zu. Danach verdrehte er die Augen, als wolle er Leon zu etwas auffordern.

„Was meinst du?“, fragte dieser.

Der Drache rollte abermals die Augen.

„Soll ich das Schwert … schwingen?“

Diesmal zwinkerte der Drache zustimmend.

Mit beiden Händen packte Leon den Schwertgriff. Er erinnerte sich an die Worte seines Großvaters und schnitt eine Art Fenster in die Luft.

Die Wirkung war so unglaublich, dass es Leon den Atem verschlug. Bisher hatte er auf Mülleimer geblickt, doch nun war es, als hätte er ein Stück aus einem Gemälde geschnitten. Der Teil mit den Mülleimern fiel nach vorn und landete bei seinen Füßen.

Aus der Öffnung leuchtete es orangerot. Er blickte auf eine weite Felswüste mit einer Gebirgskette am Horizont.

Das musste sie sein: die Unsichtbare Welt!

Hinter ihm ertönten die schnellen Schritte seiner Verfolger.

„Wo ist die Ratte?“, hörte er Brutus aufgebracht schnauben.

Ohne nachzudenken, kroch Leon durch das entstandene Loch. Zu seiner Verwunderung waren die Ränder fest wie Stein und fühlten sich kühl an. Als er zurückblickte, sah er den Hof und die drei Jungen, die auf der Suche nach ihm herangestürmt kamen.

Instinktiv wich Leon ein paar Schritte zurück. Die Öffnung schloss sich.

Das Letzte, was Leon sah, war Brutus' völlig verdutztes Gesicht. Jede Spur von Überheblichkeit und Hohn war daraus verschwunden.

„Und wie komme ich von hier wieder zurück?“, fiel es Leon siedend heiß ein.

Doch bevor er sich noch darüber Gedanken machen konnte, geriet der Sand vor seinen Füßen in Bewegung. Es knirschte und raschelte, und bizarre Gebilde mit langen Zacken und Spitzen wuchsen in die Höhe. Sie schienen aus Stein zu sein und waren dachziegelrot, lehmgelb und schlammfarben.

Bevor er einen klaren Gedanken fassen konnte, hatte sich rund um ihn ein Ring gebildet, aus dem es kein Entrinnen gab.

Die Figuren wuchsen in die Höhe. Leon konnte Köpfe mit Hörnern, ausgefransten Ohren und Buckeln erkennen.

Er ließ den Panzer ausfahren und hielt sein Schwert schützend vor sich. Überrascht bemerkte Leon, dass die Edelsteine darauf abwechselnd blinkten. Langsam drehte er sich im Kreis, um die Lage zu überblicken.

Dabei stellte er fest, dass die Steine mal stärker und mal schwächer leuchteten, je nachdem in welche Richtung er sah.

Wollte das Schwert ihm etwas sagen?

Fast gleichzeitig öffneten alle Figuren, die ihn umzingelten, ihre Mäuler. Im Chor stellten sie ihm die Frage: „Wer von uns ist dein Freund?“

Leon war starr vor Schreck. Hilfe suchend blickte er auf Drachenherz.

„Hilf mir, bitte“, flüsterte er lautlos. „Sag mir, wer mein Freund ist.“

Und das Schwert gab ihm eine eindeutige Antwort.

Der Kampf

Mit langsamen, etwas unsicheren Schritten ging Leon auf das Tier zu, bei dem die Edelsteine seines Drachenschwertes am hellsten und heftigsten geblitzt hatten: ein kleines Dreihorn. Alle Wesen begannen gleichzeitig zu knurren und zu fauchen. Und je näher er dem kleinen Dreihorn kam, desto lauter wurden sie.

Machte er einen Fehler?

Hatte er das Drachenschwert doch nicht richtig verstanden?

Sollte er lieber umkehren?

Nein, ich weiß, welches Tier mein Freund sein kann, dachte er entschlossen.

„Und wenn du dich doch wieder irrst wie so oft?“, fragte eine nagende Stimme in ihm.

Leon blieb stehen.

Die Tiere duckten sich und machten sich zum Angriff bereit.

Ohne darauf zu achten, setzte sich Leon wieder in Bewegung. Seine Beine gingen wie von allein. Machte er vielleicht gerade den größten Fehler seines Lebens?

Dann hatte er das kleine Dreihorn erreicht. Unter den drei großen Stirnhörnern saßen dunkle Augen, deren Blick Leon weder deuten noch verstehen konnte.

Die Tiere verstummten.

In der Roten Wüste herrschte Stille.

Leon hielt die Luft an und wagte nicht, den starren Blick des Dreihorns zu erwidern.

„Prüfung … bestanden!“, trompetete das Tier in die Stille hinein.

Die anderen Wesen brachen in rasselnden und klappernden Jubel aus und jagten dann in die Weite der Wüste davon.

„Prüfung? Was soll das heißen?“, fragte Leon verwirrt.

„Du bist der neue Drachenritter und das heißt, du musst drei Prüfungen bestehen!“, teilte das Dreihorn ihm ernst mit.

„Davon hat Großvater nichts gesagt“, murmelte Leon.

„Darf er nicht“, brüllte das kleine Dreihorn.

Obwohl es nur die Größe eines Bernhardiners hatte, besaß es die Stimme eines Monsters.

„Und was ist jetzt?“, wollte Leon wissen.

Das Dreihorn lief los. „Komm mit!“, rief es.

Leon blieb nichts anderes übrig, als dem Tier zu folgen.

Die Hitze machte ihm sehr zu schaffen. Vom Himmel glühte die Sonne so heiß, dass er das Gefühl hatte, innerlich auszutrocknen.

Ohne sich auch nur ein Mal nach ihm umzusehen, trabte das Dreihorn durch den roten Sand.

„He, warte, ich habe Durst!“, krächzte Leon heiser, dessen Kehle sich so trocken wie Löschpapier anfühlte.

„Weiß ich“, rief das Dreihorn fast singend. „Ich bringe dich ja zu einer Quelle.“

In Leons Kopf tauchte wie eine Leuchtschrift ein Gedanke auf: „Lass dich nicht von anderen verunsichern!“ Wenn das nur immer so einfach wäre, dachte Leon. Ihm fiel es schwer, zu seiner Meinung zu stehen.

Seine Kleidung war durch und durch nass. Der Schweiß rann ihm in Strömen über das Gesicht. Seine Zunge klebte wie ein ausgetrockneter Schwamm an seinem Gaumen.

„Sind wir … bald da?“, fragte er das Dreihorn verzweifelt. Doch aus seinem Mund kam nur ein Flüstern, sodass das Tier ihn nicht hörte.

Stolpernd und keuchend kämpfte er sich weiter. Er hatte das Schwert längst wieder zusammengeschoben, denn ein Füller war bedeutend einfacher zu tragen.

Als er den Kopf hob, stellte er überrascht fest, dass sich vor ihm ein Wald aus roten, unten spitz zulaufenden Steinsäulen erstreckte. Leon fragte sich, wie sie überhaupt stehen konnten.

„Gibt es hier Wasser?“, keuchte er.

Aber das Dreihorn war nicht mehr zu sehen.

„Hallo?“, rief er. „He … wo steckst du?“

Da begann unter seinen Sportschuhen der Boden zu beben.

Starr vor Schreck blieb Leon stehen.

Der Wüstensand erzitterte in regelmäßigen Abständen, und die oberen Enden der steinernen Säulen schlugen lautstark aneinander.

Plötzlich bemerkte er einen Schatten, der sich ihm aus dem steinernen Wald näherte.

Er riss die Kappe vom Füller und packte den Griff des Drachenschwertes mit beiden Händen. Kampfbereit richtete er sich auf.

Was kam da auf ihn zu?

Mit ohrenbetäubendem Gebrüll tauchte zwischen den Steinsäulen ein Drache auf.

Er war das hässlichste Wesen, das Leon jemals gesehen hatte.

Seine Haut war schuppig, stachelig und von tiefen Rissen durchzogen. Dicke, spitz zulaufende Krallen wuchsen aus seinen Pranken. Hautlappen hingen von seinem Kopf.

Der Drache riss das Maul auf, das so groß war, dass Leon sicher hineingepasst hätte, und gab den Blick in einen tiefen dunkelvioletten Schlund frei.

Wie aus hundert dicken Orgelpfeifen kam bereits das nächste Brüllen.

Leon verstand: Jetzt sollten wohl sein Mut und seine Kampfbereitschaft geprüft werden.

Der Versager

Der Drache stieß den Kopf hoch in die Luft. Seine Kehle war ungeschützt. Leon beschloss, ihn mit einem mächtigen Schwerthieb zu töten.

Das Drachenschwert lag federleicht in seinen Händen, er holte weit damit aus, während der Drache noch immer brüllte.

Leon zielte mit Spitze und Schneide auf den Drachenhals. Und dann schlug er mit aller Kraft, die er aufbringen konnte, zu.

Wie ein goldener Blitz sauste das Schwert auf das Untier zu. Es hinterließ dabei einen leuchtenden Lichtschweif wie ein Komet.

Der Drache schien die Gefahr überhaupt nicht zu bemerken. Doch dann bäumte sich das Tier völlig überraschend auf.

Der Schlag ging ins Leere, und die Wucht des Schwunges wirbelte den Jungen um die eigene Achse.

Über seinem Kopf sah er die spitzen Krallen des Drachen. Das Schwert wurde ihm aus der Hand geschlagen und er selbst mit einem Prankenhieb zu Boden geschleudert.

Der Schatten des Tieres schob sich über ihn. Rückwärts kriechend, versuchte Leon zu entkommen und nach dem Schwert zu greifen, das in einiger Entfernung zwischen den Steinen lag.

Wieso kam es nicht zu ihm?

Leon schnippte mehrmals mit den Fingern, aber ohne Erfolg.

Von oben schoss der Kopf des Drachen wie ein angreifender Adler herab. Nur wenige Zentimeter über Leons Brust hielt er inne.

Große bernsteinfarbene Augen schienen Leon mit ihrem Blick zu durchbohren.

Der Drache begann zu sprechen. Seine Stimme erinnerte an das Rasseln von Ketten.

„Du willst ein Drachenritter sein?“, höhnte er und klang dabei fast wie Brutus. „Willst ein unschuldiges Wesen einfach töten, nur weil es schwarz und hässlich ist und brüllt? In den vergangenen tausend Jahren ist mir noch nie ein solcher Dummkopf wie du begegnet.“

Am liebsten wäre Leon vor Scham im Boden

versunken. Jedes Wort des Drachen war richtig und wahr.

„Du bist eine Schande für all deine Vorfahren, und ich kann nur hoffen, dass dir das Schwert und der Panzer schnellstens wieder abgenommen werden!"

Danach holte der Drache mit dem Fuß zu einem Tritt aus.

„Ha…halt, nicht!", flehte Leon. „Ich …"

Interessiert beugte sich das Tier zu ihm hinunter und legte den Kopf abwartend zur Seite. „Bitte, ich höre …"

„Es war falsch … ich habe … ich habe einen Fehler gemacht!", jammerte Leon.

„Was ist das Wichtigste bei Fehlern?", wollte der Drache wissen.

Ratlos zuckte Leon mit den Schultern. Er wusste es nicht.

„Das reicht jetzt!", sagte der Drache trocken und versetzte Leon den Tritt doch noch.

Wie ein Fußball flog der Junge durch die Luft.

Der Horizont kam rasend schnell näher, doch dahinter schien es keine Landschaft zu geben.

Der Himmel war wie eine Wand. Er prallte dagegen und stürzte auf harten Boden. Er befand sich wieder in dem Hof, aus dem er geflüchtet war. Sein Panzer war verschwunden. Vor seinen Augen schloss sich die Öffnung, der Durchgang in die Unsichtbare Welt würde gleich für immer versperrt sein.

„Das Schwert ... es liegt noch in der Wüste!“, fiel Leon entsetzt ein.

Da flog der grüne Füller durch den letzten noch offenen Spalt und rollte Leon vor die Füße.

Ein alter, abgenutzter grüner Füller! Als Leon ihn sich genauer ansah, bemerkte er zwei Augen, die aus der Tiefe des Metalls zu leuchten schienen und ihn vorwurfsvoll anstarrten. Als wollten sie sagen: „Was hast du nur angerichtet!“

„Mein Bruder hat schon recht. Ich bin ein Versager!“, seufzte Leon und ließ den Füller in die Ledertasche gleiten. Langsam verließ er den Hof und lief mit gesenktem Kopf allein durch die stillen Gassen. Als er irgendwann aufsah, stand er vor dem Altenheim.

Sollte er seinem Großvater von seinem schlimmen Fehler berichten?

Noch immer spürte er das tiefe Vertrauen, das er zu dem alten Mann gefasst hatte, obwohl er ihn kaum kannte.

„Ich rede mit ihm“, beschloss er und betrat die Halle.

An der Treppe stand die Frau in der grauen Krankenschwesterntracht. Sie blickte ihn traurig an und schüttelte bedauernd den Kopf.

Sie sieht mir an, dass ich ein Versager bin, dachte Leon.

Er zog den Kopf ein und wollte an ihr vorbei. Doch die Frau hielt ihn zurück.

Was wollte sie? Plötzlich durchzuckte ihn ein schrecklicher Gedanke: „Großvater? Ist ihm etwas passiert?“

Die Frau nickte. „Er ist gegangen. Es scheint, als hätte er nur noch auf dich gewartet.“

„Nein“, flüsterte Leon. „Nein!“, schrie er dann verzweifelt.

Er drängte sich an der Frau vorbei und stürmte nach oben.

Er wollte es nicht wahrhaben. Sein Großvater konnte ihm das nicht antun. Er konnte ihn doch nicht allein lassen!

Leon riss die Tür des Zimmers auf und stürzte hinein. Wie angewurzelt blieb er stehen.

Sein Großvater war nicht mehr da. Das lange helle Gewand lag über der Lehne des Sessels, in dem er gesessen hatte. Das Regal war noch nicht ausgeräumt, von einem Foto blickte ihn sein Großvater an. Die Tür des Kleiderschranks stand offen, und ein Teil der Kleidung war auf dem bereits abgezogenen Bett ausgebreitet.

Verzweifelt schlug Leon die Hände vor das Gesicht. „Nein, nein, nein!“, schluchzte er immer wieder. „Bitte nicht!“

Die Krankenschwester trat hinter ihn.

„Ich soll dir etwas von ihm ausrichten“, sagte sie leise. „Er wird immer für dich da sein. Du wirst ihn sehen und sogar mit ihm sprechen können, wenn du ihn brauchst.“

„Ich brauche ihn jetzt!“, weinte Leon. Tränen verschleierten seinen Blick.

Dann verließ er fluchtartig den Raum und stürmte aus dem Haus. Er wollte nur noch heim und sich in seinem Zimmer verkriechen.

Das Feuergesicht

In der Grabsteinburg stand Lord Drakill an dem Säulentisch in der Kammer des blinden Magiers und starrte auf die Steine. Diesmal bewegten sie sich so schnell, dass sie wie ein grau-schwarz-weißes Flimmern aussahen.

Aber sie zeigten immer wieder die gleiche Person: Leon.

Der Lord lachte heiser und spöttisch, als die Steine Bilder aus der Wüste formten, wo Leon mit dem Drachen kämpfen wollte.

„Besser hätte es nicht kommen können!“, höhnte er. „Einen schwächeren Gegner gibt es wohl kaum.“

Der blinde Magier lachte mit, obwohl ihm nicht danach zumute war. Doch er wollte nicht den Zorn des Burgherrn erregen.

„Das Bürschchen wird bestimmt weiter Drachenritter spielen und in die Unsichtbare Welt zurückkehren. Und ich werde ihm persönlich das Drachenschwert abnehmen!“

Der Magier hob warnend die Hand. „Herr, bedenkt, dass Ihr selbst den Ritter nicht angreifen dürft. Im Falle eines Sieges würde das Drachenschwert trotzdem niemals in Eurem Besitz bleiben.“

Lord Drakill schnaubte verärgert. Der blinde Magier hatte recht. Nur wenn er von einem Drachenritter angegriffen wurde, fiel ihm bei einem Sieg das Schwert zu.

„Los, sag mir, was ich tun soll!“, herrschte er den Magier an.

Der zuckte nur mit den Schultern, denn er wusste es auch nicht. „Der Plan muss Eurem Kopf entspringen, Herr!“

Lord Drakill stürmte wieder die Wendeltreppe hinunter und an den beiden Girgs vorbei. Er wusste, wen er um Rat fragen konnte, doch er durfte dabei nicht beobachtet werden. Also zog er sich in den tiefsten Keller der Grabsteinburg zurück und verschloss die Tür hinter sich.

Er befand sich in einem Raum, der vollständig aus schwarzen Marmorgrabsteinen erbaut war. Die Inschriften, die früher einmal vergoldet gewesen waren, leuchteten feurig und spendeten einen matten Lichtschimmer.

Es waren Namen seiner Vorfahren, die alle dieselbe Aufgabe gehabt hatten wie er.

Lord Drakill löste die Lederriemen, mit denen die Spiegelmaske vor seinem Gesicht gehalten wurde. Langsam nahm er sie ab und sog tief die muffige, modrige Luft ein.

Aus seinen Augen schossen zwei dünne rote Strahlen, die er sofort auf den Boden lenkte. Dort begannen sie den Stein zu schmelzen, sodass ein Loch entstand. Schnell wurde es größer und größer. Die Strahlen bohrten sich immer tiefer in die Erde.

Dann ging alles sehr schnell.

Ein unheimliches Grollen, gefolgt von einem scharfen Zischen ertönte.

Eine Feuersäule schoss aus dem Loch im Boden bis zur Decke des schwarzen Verlieses. Die Flammen bewegten sich in alle Richtungen, bis sie fast den ganzen Raum erfüllten.

Eine kahle Fratze mit tiefen Augenhöhlen und einem verkniffenen Mund wurde erkennbar. Sie begann zu sprechen, und ihre Stimme dröhnte und knisterte wie ein lodernder Großbrand.

„Was willst du?"

Lord Drakill, der sonst vor nichts und niemandem Angst oder Respekt zu haben schien, hörte sich auf einmal fast kleinlaut an.

„Der Tag ist gekommen, an dem ich das Drachenschwert in meine Hände bekommen kann. Ich will es haben. Ich muss es haben, um deine Macht in die Sichtbare Welt zu tragen. Nur das Drachenschwert kann mir den Zugang öffnen. Doch es wird von einem jungen Ritter gehalten. Er muss mich angreifen, damit mein Sieg über ihn das Schwert in meine Hände bringt."

„Wie kann ich dir helfen?", dröhnte die Feuerstimme.

„Meine Macht ist außerhalb der Mauern der Grabsteinburg viel geringer. Ich muss ihn also zu mir locken, wenn ich ihn besiegen will. Aber wie soll ich das anstellen? Er hat keinen Grund, zu mir zu kommen, weil ihn jeder Bewohner der Unsichtbaren Welt davor warnen wird."

Die Feuerstimme war nun so laut, dass die Grabsteine zu beben begannen.

„Nimm ihm, was ihm lieb ist. Da er ein Herz besitzt, wird er versuchen, es zurückzuholen. Dann ist deine Stunde gekommen!"

Lord Drakill verstand den Sinn dieser Rede nicht, aber das Feuergesicht war nicht bereit, weitere Erklärungen zu geben. So schnell wie es gekommen war, schoss es wieder in die Tiefe zurück, und das Loch im Boden schloss sich, als wäre es nie da gewesen.

Wütend stampfte Lord Drakill mit dem Fuß auf. Der Höllenfürst hätte ruhig etwas klarer in seinen Anweisungen sein können. Schließlich arbeitete Lord Drakill in seinem Namen und tat alles nur für ihn.

Gleichwohl jagte der Gedanke an die Niederlage alles Guten und an die ungeheure Macht, die er besitzen würde, Lord Drakill schaurige Wonnen durch den Körper.

Er beschloss, mithilfe der Steine des Magiers den jungen Drachenritter im Auge zu behalten. Er würde ihn besiegen. Er musste ihn besiegen.

Wie ein Stiefkind

Leon versuchte, die Wohnung so unauffällig wie möglich zu betreten. Er wollte nur in sein Zimmer und sich dort verkriechen.

„Bist du das, Leon?“, hörte er die Stimme seiner Mutter aus dem Wohnzimmer.

„Ja, ich bin es“, seufzte er. „Ich … ich muss Hausaufgaben machen.“

Die Toilettenspülung wurde gezogen, und hinter Leon öffnete sich eine Tür. Sein großer Bruder Carsten trat heraus und lächelte spöttisch, als er ihn erblickte.

„Na, wie war die Dusche?“, fragte er.

„Wieso …?“ Leon verstand nicht, woher Carsten von Brutus’ Vorhaben wissen konnte.

„Die ganze Schule redet davon. Ich hätte es ja herrlich gefunden, wenn die Aktion öffentlich stattgefunden hätte. Zusehen macht da bestimmt Spaß.“

„Du nervst", knurrte Leon ihn an. „Du nervst tierisch."

„He, was hast du denn da? Eine kleine Erinnerung an den Kindergarten?"

Carsten riss Leon die Ledertasche von der Schulter und öffnete sie. Er fischte den Füller heraus und verzog das Gesicht.

„Ach, wie niedlich. Ein Füller. Leon verwendet einen Füller, damit er schöner schreiben kann."

„Gib das her!", zischte Leon.

„Hol's dir doch!" Carsten hielt Tasche und Füller in die Höhe. Da er sehr groß war, musste Leon springen, um sie ihm zu entreißen.

„Hopp, hopp, hopp, Leon spriiiing!", spottete Carsten. „Unser kleines Hoppelhäschen."

Die Eingangstür wurde aufgeschlossen, und Herr Pollux betrat die Wohnung. Er hatte ungefähr Carstens Größe und lachte nie. Um die Mundwinkel hatte er einen verbitterten Zug.

„Was soll das?", fragte er mürrisch.

„Brüderchen braucht Bewegung, weil er sonst Fett ansetzt", erklärte Carsten.

Er hatte beim Vater so etwas wie einen Freibrief, durfte alles und bekam nicht einmal Ärger, wenn er gegen Verbote verstieß.

Bei Leon war das anders. Er schaffte es praktisch nie, seinem Vater etwas recht zu machen. Immer gab es einen Grund, an ihm herumzumäkeln. Herr Pollux war übermäßig streng mit seinem jüngeren Sohn.

Carsten lief los und lockte Leon mit der Tasche und dem Füller.

„Na komm, hol dir dein Kindergarten-Täschchen!“, rief er feixend. Er verschwand damit im Wohnzimmer, und Leon folgte ihm wütend.

„Könnt ihr bitte aufhören, euch zu streiten“, beschwerte sich Frau Pollux.

Carsten schlüpfte hinter das Sofa. Um endlich an seine Sachen zu gelangen, sprang Leon einfach auf die weichen Sitzkissen. Doch seine Finger griffen ins Leere.

„Bist du verrückt? Hol sofort den Staubsauger und mach das Sofa wieder sauber!“, schimpfte Leons Mutter.

„Aber Carsten ...“, beschwerte sich Leon.

„Kein Aber!“, schnitt seine Mutter ihm ungehalten das Wort ab.

Lachend schwenkte Carsten die Tasche. Den Füller hatte er in die Brusttasche seines Hemdes gesteckt.

Verblüfft beobachtete Leon, wie der von allein aus der Tasche schlüpfte und über Carstens Kopf schwebte. Als der große Bruder Leon wieder mit Spott überschüttete, klopfte ihm der Füller kräftig auf den Schädel.

Empört blickte sich Carsten um. Wer hatte das getan? Er fand keine Erklärung.

Leon nutzte die günstige Gelegenheit und entriss Carsten die Tasche. Der Füller sauste von ganz allein hinein.

So schnell er nur konnte, flüchtete er in sein Zimmer, warf die Tür zu und schloss ab.

Sofort hörte er das zornige Klopfen seines Vaters: „Mach wieder auf, bei uns werden keine Türen abgeschlossen!"

Leon stellte sich taub.

„Das gibt Hausarrest", warnte er ihn.

Na und? Dann gab es eben Hausarrest.

Leons Vater wartete eine Minute und verkündete dann: „Drei Tage Hausarrest. Du hast es nicht anders gewollt."

Gewollt! War Leon eigentlich hier gewollt? Schon als kleiner Junge hatte er sich immer wie ein Stiefkind gefühlt. Er gehörte nicht dazu. Er war anders als Carsten und seine Eltern. Vor allem der Bruder und der Vater ließen ihn immer wieder spüren, wie wenig sie von ihm hielten.

Da triffst du deinen Großvater, der vielleicht der wunderbarste Mensch ist, dem du je begegnet bist, und dann verlierst du ihn sofort wieder, dachte Leon traurig.

Er hockte auf seinem Bett und seufzte immer wieder tief.

„Großvater, ich möchte mit dir sprechen", sagte er leise. „Ich muss mit dir sprechen! Bitte! Ich brauche deinen Rat."

Schließlich zog er die Tasche zu sich heran und nahm die drei Gürtel und den Füller heraus. Er sah den Füller nachdenklich an und begann mit ihm zu sprechen, als wäre er lebendig: „Du tust wohl vor allem, was du für richtig hältst. Als ich Brutus mit dem Drachenschwert erschrecken wollte, hast du gestreikt. Die drei sollten nicht sehen, was in dir steckt. Und vorhin, als Carsten mich geärgert hat, hast du mir geholfen."

Mit einem Ruck zog er die Kappe ab. Sofort schoss das golden strahlende Schwert heraus. Es entschlüpfte seinen Händen und schwebte zur Tür. Ungeduldig deutete es nach draußen, als wollte es ihm dort etwas zeigen.

„Jetzt geht es nicht“, flüsterte Leon. „Wir müssen warten, bis alle schlafen.“

Es kam ihm wie eine Ewigkeit vor, bis sich endlich alle in ihre Zimmer zurückgezogen hatten. Zweimal schlief er darüber ein, aber als es endlich so weit war, weckte ihn das Schwert.

Zu Leons Enttäuschung führte es ihn nur ins Wohnzimmer zum Bücherregal. Dort tippte es auf ein leinengebundenes Buch.

Leon kannte es. Es war ein Fotoalbum. Da aber niemand in der Familie gern fotografierte, war es bis auf ein paar Klassenfotos und einige Schnappschüsse, die irgendjemand auf einem Fest gemacht hatte, leer.

Zur Sicherheit blätterte Leon das Album trotzdem durch, fand jedoch nichts darin, was ihm wichtig erschien.

„Was soll ich damit?“, fragte er das Schwert, das zu seinen Füßen schwebte und sich wie eine Katze an seinem Knie rieb. „Geht es vielleicht um ein bestimmtes Foto? Ein Foto von Großvater?“, fiel Leon plötzlich ein.

Das Schwert hüpfte begeistert, weil er verstanden hatte.

„Aber wir haben keins. Woher soll ich es bekommen?", fragte Leon leise, während er zurück in sein Zimmer ging.

Als er sich auf sein Bett setzte, schlüpfte das Schwert in seine Hände. Die Edelsteine funkelten schwach. Leon begann, in seinem Kopf die Bilder des Tages vorbeiziehen zu lassen: die Flucht vor Brutus, Ralph und Chip, sein Großvater, die Frau in der Krankenschwesterntracht, das verlassene Zimmer …

Plötzlich leuchteten die Edelsteine auf, und Leon wusste, woher er die Fotografie seines Großvaters bekommen konnte. Er musste noch einmal in das Altenheim. Und schon drängte das Schwert zum Aufbruch.

Leise verließ Leon durch das Fenster seines Zimmers die ebenerdig gelegene Wohnung. Beim Altenheim angekommen, schlich er geduckt am fernsehenden Nachtportier vorbei hinauf zu dem Zimmer, in dem sein Großvater gelebt hatte. Alles war ruhig. Um diese Zeit war nur wenig Personal im Dienst, und die Gänge lagen verlassen da. Er hatte Glück, die Tür mit der Nummer 413 war nicht verschlossen. Alles war noch so, wie er es heute Nachmittag vorgefunden hatte.

Und da war es. Das Bild seines Großvaters

stand noch immer auf dem Regal neben dem Sessel.

Mit einem erleichterten Seufzen griff Leon danach und steckte es unter sein Hemd. Dann machte er sich vorsichtig auf den Heimweg.

Der Traum

Erschöpft kehrte Leon kurz nach zwei Uhr nachts in sein Zimmer zurück.

Mit einem tiefen Seufzer ließ er sich auf sein Bett sinken. Aus seiner Hosentasche zog er das zerknitterte Foto seines Großvaters. Es musste erst vor Kurzem aufgenommen worden sein und zeigte ihn im langen, hellen Gewand, in seinem Lehnstuhl sitzend.

Leise begann er dem Bild zu erzählen, was sich ereignet hatte.

„Ich … ich habe versagt!“, klagte er. „Ich habe die Prüfung nicht bestanden. Wieso hast du mich im Stich gelassen?“

Aber wozu redete er mit einem Bild? Er wollte es schon weglegen, als etwas völlig Unerwartetes geschah: Das Gesicht des alten Mannes begann sich zu bewegen. Ein gütiges Lächeln breitete sich darauf aus.

Ganz leise, aber klar und deutlich hörte er die Stimme seines Großvaters: „Leon, es ist nicht schlimm, einen Fehler zu machen. Du kannst ihn wieder ausgleichen. Allerdings solltest du den gleichen Fehler nicht zweimal machen."

Der Mund auf dem Foto bewegte sich. Es gab keinen Zweifel: Das Bild sprach mit ihm.

„Du bist auf dem richtigen Weg!", fuhr sein Großvater fort. „Höre auf deine innere Stimme. Vertraue ihr, Leon. Ich werde immer bei dir sein, wenn du mich brauchst."

Danach erstarrte das Gesicht wieder.

„Ich brauche dich jetzt, Großvater", flüsterte Leon. „Ich brauche dich so sehr. Bitte ... bitte, komm zurück."

Wieder hatte er Tränen in den Augen. Er lehnte sich gegen die Wand und starrte zur Decke. Das Foto hielt er fest in den Händen.

Er wusste, sein Großvater konnte nicht mehr zurückkommen. Nie mehr.

Plötzlich fiel ihm auf, dass das Altenheim seinen Vater wohl noch gar nicht vom Tod des Großvaters verständigt hatte. Oder hatte der es einfach verschwiegen?

Langsam fielen Leon die Augen zu. Er versank

in einen tiefen Schlaf und begann zu träumen.

Es war, als würde er in einen dunklen Schacht fallen, der kein Ende zu nehmen schien. Er stürzte und stürzte, überschlug sich, wurde herumgewirbelt und hatte dennoch keine Angst vor dem Aufprall. Er fühlte sich schwerelos.

Endlich berührten seine Füße den Boden. Er landete federnd, ging tief in die Knie und richtete sich dann wieder auf.

Dünne Lichtstrahlen durchbrachen die Dunkelheit rund um ihn.

Das Klirren von Schwertern erklang.

Dann war es mit einem Schlag hell.

Leon stand in einem schwarzen Saal. Der Boden, die Wände und die Decke waren aus Grabsteinen gebaut. Neben Säulen gab es Grabsteinfiguren. Entsetzt erkannte er, dass jemand den Engeln die Flügel und Köpfe abgebrochen hatte.

Am anderen Ende des Saales kämpften zwei Ritter. Der eine trug eine furchterregende metallene Rüstung, die ihn vor den Schlägen seines Gegners schützte. Sein Gesicht war von einer spiegelnden Maske verdeckt. Er sah aus, als sei er direkt der Hölle entstiegen.

Der andere stand mit dem Rücken zu ihm.

Trotzdem aber erkannte der Junge den Drachenpanzer und das Drachenschwert.

Der Drachenritter kämpfte verbissen und teilte wilde Schläge aus. Immer wieder gelang es ihm, einen Vorteil zu erzielen und auf den Höllenritter einzuschlagen. Doch die Klinge schien den Gegner weder zu verletzen noch zu stören. Offensichtlich spürte er die Schwerthiebe nicht einmal, die an seiner Rüstung abprallten.

Die Bewegungen des Drachenritters wurden langsamer. Er wurde sichtlich müde.

Der Höllenritter nutzte die Chance und begann, noch härter auf ihn einzuschlagen. Sein Schwert war schwarz, und wo es durch die Luft sauste, hinterließ es Dunkelheit.

Immer weiter wurde der Drachenritter zurückgetrieben. Noch immer wehrte er sich verbissen und versuchte, die Schläge mit dem Drachenschwert zu parieren, doch er kämpfte auf verlorenem Posten. Das war Leon klar.

Er wollte dem Drachenritter zu Hilfe kommen, doch er konnte seine Beine nicht bewegen. Sie waren wie festgewachsen.

Da übersah der Drachenritter eine Grabsteinfigur, die aus dem Boden ragte, stolperte und stürzte. Der Panzer zersprang und verwandelte sich wieder in die Gürtelschnalle.

Mit einem Satz war der Höllenritter bei ihm und schlug ihm mit einem kräftigen Hieb das Drachenschwert aus der Hand. Es wirbelte über den glatten Boden und blieb so weit vor Leon liegen, dass er es gerade nicht erreichen konnte.

Ganz langsam und genüsslich beugte sich der Höllenritter zu dem auf dem Boden liegenden Ritter. In seiner Spiegelmaske war das Gesicht des Besiegten zu sehen.

Leon schrie auf.

Er hatte den Kämpfer erkannt. Es war sein Vater. Er war der Drachenritter.

„Nicht!“, keuchte er. „Weg!“

Unbeeindruckt löste der Höllenritter mit einer Hand die Lederriemen der Maske und ließ sie von seinem Gesicht gleiten. In einer schwarzen Fläche, in der weder Mund noch Nase oder Wangen und Stirn zu erkennen waren, glühten zwei Punkte, aus denen dünne rote Strahlen hervorschossen.

Die Strahlen trafen auf eine steinerne Figur hinter dem Drachenritter und ließen sie wie Schnee in der Sonne schmelzen.

Quälend langsam ließ der Höllenritter sie über den Boden wandern, wo sie tiefe Furchen hinterließen. Schließlich erreichten sie das Gesicht des Besiegten, der schützend die Hände vor die Augen hielt.

„Das nützt dir gar nichts!“, höhnte der Höllenritter. „Was immer auch Gutes in dir steckt, ich werde es verbrennen, sodass du zu meinem Sklaven wirst.“

Da griffen Hände nach dem Drachenschwert, das auf dem Boden lag. Leon blickte auf und erkannte seinen Großvater. Der riss das Schwert in die Höhe und rief mit fester Stimme: „Oh nein, Lord Drakill!“

Der Höllenritter hob überrascht den Kopf. Die roten Strahlen zuckten wie Blitze durch die Luft und trafen die Beine des alten Drachenritters. Der schrie vor Schmerz auf und konnte sich nur noch mit Mühe aufrecht halten. Doch er verbiss sich den Schmerz und taumelte mit hinkenden Schritten auf den Höllenritter zu. Verzweifelt griff er nach der Spiegelmaske, die dieser in seiner linken Hand hielt.

Lord Drakill war von dem Angriff völlig überrascht und konnte sie gerade noch in Sicherheit bringen. Schnell schob er die Maske wieder vor das schwarze Gesicht.

Diesen Moment nutzte der alte Drachenritter und entriss seinen Sohn dem Einfluss des Höllenritters.

Schweißgebadet wachte Leon auf.

Es war kein Traum gewesen. Leon hatte einen Blick in die Vergangenheit getan. Nun war ihm mit einem Schlag klar, was sich damals ereignet hatte.

Sein Vater hatte das Drachenschwert erhalten, denn er sollte der neue Drachenritter sein. Aber er war der Aufgabe nicht gewachsen gewesen und hatte verloren. Lord Drakills Strahlen war es zwar nicht gelungen, alles Gute in ihm zu verbrennen und ihn zu seinem Sklaven zu machen, aber die Begegnung hatte ihn in einen verbitterten Menschen verwandelt. Er hatte die Niederlage niemals verwinden können.

Aus diesem Grund wollte er Leons Großvater auch nicht mehr sehen. Er war die lebende Erinnerung an sein Versagen.

Leon kam ein Verdacht. War es möglich, dass sein Vater geahnt hatte, dass einer seiner Söhne der neue Drachenritter werden sollte? Hatte er sie deshalb vom Großvater ferngehalten? Aber warum er und nicht Carsten?

„Ich werde es schaffen. Ich werde als Drachenritter dafür sorgen, dass das Böse niemals die Unsichtbare Welt verlässt!“, schwor Leon leise, aber sehr bestimmt und feierlich.

Die Getreuen

Obwohl er in dieser Nacht nicht sehr viel geschlafen hatte, war Leon am Morgen nicht müde. Er stand ausgeruht auf, streckte sich ausgiebig, öffnete das Fenster und ließ sich die Frühsommersonne ins Gesicht scheinen.

Bevor er nach dem Frühstück das Haus verließ, holte er die Tasche mit den Gürteln und dem Füller. Er hatte beschlossen, sie von nun an immer bei sich zu tragen.

Großvaters Aufforderung, sich Getreue zu suchen, fiel ihm wieder ein. „Getreue“ – was für ein Wort! Hatte es so etwas nicht früher gegeben, zu Robin Hoods Zeiten?

Und überhaupt, wo sollte er solche „Getreue“ finden?

Leon hatte kaum Freunde. Er war zwar als Fußballspieler sehr beliebt, weil er ein guter Stürmer war. Aber richtige Freunde hatte er auch dadurch nicht gefunden. Er bekam nur selten Einladungen zu Partys, und während sich die anderen trafen, um ins Kino zu gehen oder etwas anderes zu unternehmen, blieb Leon meistens allein daheim und vertiefte sich in Abenteuerspiele, las oder hörte Musik.

Wie immer fuhr er mit dem Fahrrad zur Schule und dachte dabei ständig an die „Getreuen".

Musste er denn unbedingt welche finden?

Wieso sollte er nicht allein kämpfen?

Leon stellte sein Rad im Hof ab und ging in seine Klasse. Er saß in der ersten Reihe allein an einem Tisch. Nur bei Klassenarbeiten war der Platz neben ihm sehr gefragt, da er meistens alles wusste, schnell fertig war und dann auch noch die Aufgaben der anderen löste.

In der Ledertasche bewegte sich etwas. Leon ließ die Hand hineingleiten und spürte, wie sich der Füller an seine Finger schmiegte. Er nahm ihn heraus und sah ihn fragend an.

Die Drachenaugen in der Kappe zwinkerten Leon aufmunternd zu. Dann deuteten sie in eine Richtung und gleich darauf in eine andere. Leon folgte den Blicken. Sein Erstaunen war grenzenlos.

Die Niederlage

Leon konnte nicht fassen, was der Füller ihm zeigte.

„Bist du sicher?“, fragte er ihn leise, biss sich aber gleich darauf auf die Lippen. Falls jemand bemerkte, dass er mit einem Füller redete, musste er ihn ja für verrückt halten.

Um zu überprüfen, ob seine Beobachtung überhaupt stimmte, näherte er sich den beiden Klassenkameraden, auf die er aufmerksam gemacht worden war.

„Na und? Liege ich richtig?“, fragte er den Füller lautlos.

Eines der Drachenaugen zwinkerte ihm zu, als wollte es sagen: „Ja, genau die.“

Nein, das war unmöglich. Das konnte nicht sein. Leon weigerte sich einfach, das zu glauben.

Niemals konnten diese beiden seine Getreuen werden.

Der Füller hatte ihm Chip und Lara gezeigt.

Chip!!! Chip, der größte Fan und Anbeter von Brutus, dem Tyrannen.

Und Lara!!! Leon hatte schon öfter ihren Blick im Rücken gespürt. Ging er an ihr und ihren Freundinnen vorbei, begannen sie immer leise und aufgeregt zu tuscheln. Bestimmt machten sie sich lustig über ihn.

Was sollte das? Trieb der Füller mit ihm seine Scherze? Wollte er ihn absichtlich in Schwierigkeiten bringen?

Vergiss es!, dachte Leon.

In der ersten Stunde stand Mathematik auf dem Stundenplan. Leon kritzelte alles ab, was der Lehrer an die Tafel schrieb. Mit seinen Gedanken war er aber ständig bei Chip und Lara.

Ging es etwa um seine dritte Prüfung? Vielleicht sollte er zeigen, dass er nicht nur auf den Füller vertraute, sondern auch einmal anderer Meinung war?

Oder hatte der Füller doch bewusst die beiden als zukünftige Getreue gewählt?

Bis zur sechsten Stunde schaffte Leon es nicht, zu einer Entscheidung zu kommen. Dafür stellte er erleichtert fest, dass Brutus und seine Freunde offensichtlich das Interesse an ihm verloren hatten. Den ganzen Schultag lang hatten sie sich nicht um ihn gekümmert, sondern ihn einfach übersehen, als wäre er Luft.

Als Leon nach Hause radelte, erwartete ihn jedoch eine böse Überraschung. Hinter der ersten Ecke versperrte ihm eine kleine Gruppe von Schülern den Weg. Leon kam nicht vorbei, musste bremsen und absteigen.

Die Gruppe teilte sich, und aus ihrer Mitte traten Brutus, Chip und Ralph. Freudig rieb sich Brutus die Hände.

„Wie schön, dass wir uns endlich wiedersehen!“, sagte er höhnisch.

Unter den anderen Schülern bemerkte Leon seinen Bruder Carsten, der jedoch keine Anstalten machte, ihm zu helfen. Das hatte Leon auch nicht anders erwartet.

Leon drehte sich um und wollte flüchten, aber auch von hinten kamen Jungen und Mädchen. Alle freuten sich schon auf das Schauspiel, das Brutus ihnen gleich bieten würde.

„Ich habe mich anders entschieden“, erklärte Brutus. „Ich werde dich nicht mit dem Kopf voran in die Toilette stecken.“

Leon wusste, dass jetzt nur etwas noch viel Schlimmeres kommen konnte.

„Wir bringen dich dorthin, wo du hingehörst. Zu den Ratten in den Kanal!“, dröhnte Brutus.

Sofort sprangen Chip und Ralph los und öffneten ein Gullygitter. Brutus winkte die anderen näher, damit sie einen Blick in den Schacht werfen konnten.

Der Boden war mit Brotresten bedeckt, die Brutus nach der großen Pause hineingeworfen hatte. Jetzt wimmelte es dort nur so von langschwänzigen Ratten, die sich gierig über die Abfälle hermachten.

„Runter mit ihm! Runter mit ihm!“, verlangten die Zuschauer im Chor.

Chip und Ralph packten Leon und schleppten ihn zum offenen Kanalschacht.

„Lasst mich! Nicht!“, flehte Leon und war gleichzeitig wütend, weil er so wehrlos war und seine Stimme so jämmerlich klang.

Er starrte Chip in das runde, pausbackige Gesicht. Täuschte er sich, oder war in Chips Augen tatsächlich so etwas wie Mitleid aufgeblitzt?

„Was ist? Macht schon!“, drängte Brutus.

Ralph riss an Leons Arm, verdrehte ihn auf

den Rücken und beförderte den Jungen mit einem brutalen Tritt zur Öffnung in der Straße.

„Aaaaah!“ Leon verlor den Boden unter den Füßen und stürzte in das Gewimmel der Ratten.

Der Schacht war nicht sehr tief, und er landete in weichem Matsch.

Quiekend stoben die Ratten auseinander. Der Gestank, der vom Boden aufstieg, raubte Leon fast den Atem.

Über sich hörte er schallendes Gelächter. Dann schoben Chip und Ralph gehorsam das Gitter über den Schacht.

„Los, jetzt den Wagen!“, kommandierte Brutus mit lauter Stimme.

Hilflos musste Leon mit ansehen, wie das Hinterrad eines Autos auf das Gullygitter gerollt wurde. Hier kam er nicht mehr raus.

„Zum Glück vergisst Zwinki immer, den Gang einzulegen, und seine Handbremse scheint’s auch nicht mehr zu bringen!“, hörte er Ralph lachend sagen.

Zwinki war ein Geschichtslehrer, der einen nervösen Tick hatte und ständig zwinkerte. Er war genau das, was man sich unter einem zerstreuten Professor vorstellte.

„Viel Spaß noch“, rief Brutus Leon spöttisch zu, und dann machte sich die johlende Meute aus dem Staub.

Langsam wurde es wieder still in der Straße.

Leon zitterte am ganzen Körper.

Erstens hatte er schreckliche Angst vor den Ratten, und zweitens fühlte er sich unendlich gedemütigt. Alle hatten zugeschaut.

Der große Ritter Drachenherz, dachte er voller Bitterkeit.

Das Schwert fiel ihm ein. Er holte den Füller aus der Ledertasche, die er sicherheitshalber unter der Jacke trug, und zog die Kappe ab.

Sofort schoss das goldene Drachenschwert heraus. Sein warmes Licht erfüllte den Kanalschacht.

Es war nicht genug Platz, um das Schwert zu schwingen. Leon konnte es nur in die Höhe halten. Mit der Spitze zeichnete er über sich einen Kreis in die Luft.

Eine Scheibe, auf der das Gullygitter und ein Stück Mauer zu sehen waren, sank wie ein Blütenblatt auf ihn herab und landete neben seinen verdreckten Schuhen.

Durch das Loch sah Leon einen fast weißen

Himmel. Er zögerte nicht, sondern zog sich am Rand der Öffnung hoch und kletterte hindurch.

Wieder stand er in der Roten Wüste. Neben ihm schloss sich das Loch.

Und was jetzt?, fragte sich Leon.

Der Chamäleondrache

Ratlos drehte sich Leon einmal im Kreis. In der Ferne erkannte er die Häuser eines Dorfes. Rauch stieg aus den Schornsteinen. Das Dorf war also bewohnt.

Auf der anderen Seite erhob sich ein kahler Felsen, auf dessen Spitze eine Burg thronte.

Auf einmal begann das Drachenschwert in Leons Händen zu rucken. Es schien ihn auf etwas aufmerksam machen zu wollen. Immer wieder deutete es auf eins der Häuser, doch Leon achtete nicht weiter darauf, denn über seinem Kopf rauschte es plötzlich gewaltig. Ein mächtiger Schatten glitt über ihn hinweg. Er sah ein schlangenähnliches weißes Tier, das sich durch die Luft wand und übermütig Saltos, Schrauben und Loopings flog. Als es Leon unten stehen sah, schoss es wie ein Pfeil auf ihn zu und landete mit lautem Knirschen neben ihm im Sand.

„Tag!“, grüßte es und schien dabei Kaugummi zu kauen.

„Hallo“, grüßte Leon schüchtern zurück.

„Jetzt guck nicht so verschreckt!“, schnaubte das Wesen. „Ich musste das tun. Es war deine zweite Prüfung, die du übrigens nicht bestanden hast. Jedenfalls nicht auf Anhieb. Aber das macht nichts, da du deine Lektion gelernt hast. Das ist mindestens ebenso wichtig.“

„Moment, willst du behaupten … du bist der schwarze Drache?“ Leon konnte es nicht glauben und starrte ihn fassungslos an.

„Nein, das will ich nicht.“

„Aber was redest du dann?“

„Ich bin ein Chamäleondrache!“, stellte sich das Wesen vor. „Ich bin weder weiß noch schwarz. Ich kann jede Farbe annehmen und meiner Haut auch jede Form geben, auf die ich gerade Lust habe.“

Zum Beweis begann sich der Drache vor Leons Augen zu verwandeln. Er wechselte die Farben von Rot zu Orange, Gelb, Grün und Blau, bis er schließlich schwarz war. Dazu ließ er sich abwechselnd ein struppiges Fell, Kükenflaum, Hornbuckel oder Stacheln wachsen.

„Beeindruckt?“, fragte er dann stolz, noch immer kauend.

„Äh … kaust du etwa Kaugummi?“, wollte Leon wissen.

Der Chamäleondrache bog sich vor Lachen. Sein ganzer Körper schlug Wellen vor Vergnügen. „Kaugummi! Du bist wirklich witzig. Herzchen, ich bin ein Drache. Wir kauen keinen Kaugummi, sondern Kaublech.“

„Blech?“

„Ja, man kann damit zwar schlechter Blasen machen, aber dafür klebt das Zeug auch nicht so an den Zähnen.“ Zum Beweis spuckte der Drache ein völlig verformtes Stück Metall aus, das nur knapp Leons Füße verfehlte.

„Leider habe ich noch nicht gelernt, Feuer zu speien, denn damit kann man auch mit Kaublech Blasen machen“, plapperte der Drache unbeschwert weiter.

„Wie … wie heißt du?“, fragte Leon.

„Tja, das ist so eine Sache. Es gibt da nämlich ein Gesetz, dass jeder Drachenritter mir einen neuen Namen geben darf.“

„Du … du gehörst zu mir?“ Leon konnte es nicht fassen.

Der Drache klopfte ihm so heftig auf den Rücken, dass Leon nach vorn stolperte.

„So ist es! Ab heute wirst du mich nicht mehr los. Ich stehe dir zu Diensten und spare auch nicht mit guten Ratschlägen in allen Lebenslagen. Wenn du also etwas wissen möchtest, dann frag mich einfach!"

Gespannt blickte der Drache Leon an.

„Ich höre!", zwitscherte er.

„Äh ... hast du auch schon ... meinem Großvater gedient?"

Der Drache nickte heftig. „Ein wirklich feiner Menschlicher. Wahrscheinlich der beste Drachenritter aller Zeiten. Der danach – nun ja, wir sind uns nur einmal begegnet, und damals hätte er mir um ein Haar den Kopf abgehauen."

Bei dem Gedanken daran schluckte der Drache und probierte mit den Pfoten, ob sein Kopf noch fest auf dem Hals saß.

„Ich soll mir zwei Getreue suchen", berichtete Leon. „Aber ... aber der Füller ... also das Schwert – Drachenherz ... es zeigt mir einen Jungen und ein Mädchen, die mich beide nicht ausstehen können."

Der Drache formte aus dem ausgespuckten

Stück Metall etwas, das wie eine Brille aussah und ihm ein ziemlich weises Aussehen verlieh, als er es aufsetzte.

„Bist du dir da sicher, Herzchen?“

„Chip hat mitgeholfen, mich in den Gully zu werfen!“ Leon erinnerte sich wieder an seinen Blick. Irgendetwas daran war eigenartig gewesen. „Und Lara tuschelt immer hinter meinem Rücken.“

„Das Problem kenne ich“, rief der Drache und warf sich auf den Rücken. „Wenn ich irgendwo fliege, tuscheln die Drachenmädchen auch immer. Ich bin eben ein Typ zum Schwärmen.“

„Von mir schwärmt niemand“, davon war Leon überzeugt.

„Tja, wenn du da so sicher bist! Aber vergiss nie, dass die Welt immer so groß ist, wie du sie dir wünschst!“

Der Drache schnellte in die Höhe und flog einige elegante Figuren. Er war mittlerweile zitronengelb und hatte lange, weiche Marabufedern.

„Ich muss jetzt weiter! Es ist Futterzeit!“, rief Leons neuer Freund. „Es wird sich nicht vermeiden lassen, dass wir uns demnächst wiedersehen.“

Zum Abschied stieß er ein paar kleine Rauchwolken aus, bevor er als gelber Pfeil davonschoss und am Horizont verschwand.

Noch immer hatte Leon das Gefühl, zu träumen. Er schüttelte den Kopf und kniff sich in den Arm.

Nein, er war wach. Hellwach sogar.

Es hatte für ihn keinen Sinn, allein in der Roten Wüste zu bleiben, und deshalb nahm er das Drachenschwert und zeichnete damit ein Fenster vor sich in die Luft.

Die ausgeschnittene Fläche glitt elegant zur Seite, und Leon sah dahinter sein Zimmer. Er hatte schon gefürchtet, wieder in den Kanal zurückkehren zu müssen. Doch das war ihm erspart geblieben.

Noch lange saß er auf seinem Bett und dachte nach. Was sollte er tun?

Um vier bei der Ruine

Auf Pünktlichkeit legte sein Vater den allergrößten Wert. Wenn Leon zu spät zum gemeinsamen Mittagessen kam, hatte er immer mit einer Strafe zu rechnen.

„Zu Tisch!“, hörte er seine Mutter rufen.

„Leon ist noch nicht da!“, sagte Carsten unschuldig, als wäre ihm das gerade erst aufgefallen. „Bestimmt trödelt er wieder herum.“

Herr Pollux brummte verärgert.

Da trat Leon strahlend aus seinem Zimmer. Während seines Ausflugs in die Wüste der Unsichtbaren Welt war der Gullymatsch an seinen Schuhen getrocknet und abgefallen. Überhaupt fühlte er sich gestärkt.

„Guten Appetit!“, sagte er.

Carsten war vom Anblick seines Bruders so verblüfft, dass er sich aus Versehen neben seinen Stuhl setzte und hart auf dem Boden landete.

„Wie … wie bist du rausgekommen?“, wollte er wissen.

„Rausgekommen, wo?“, fragte Leons Mutter, die gerade eine Schüssel mit Spaghetti brachte.

Leon schwieg.

Herr Pollux hatte das Gespräch von der Tür aus verfolgt und trat zu den Jungen.

„Was geht hier vor?“, fragte er streng.

Noch immer sagte Leon nichts. Er starrte nur stumm Carsten an. Sein Vater folgte dem Blick. „Carsten?“

„Äh … nichts … nur ein Scherz zwischen uns!“, stotterte der große Bruder verlegen.

Der Vater schüttelte den Kopf und seufzte. Er verstand seine Kinder nur selten.

Während des Essens machte Carsten ein sehr betretenes Gesicht. Danach ging er an Leon vorbei und sagte leise: „Cool, dass du dichtgehalten hast. Hätte ich dir nicht zugetraut.“

Leon lächelte nur.

Er holte sich aus der Diele das schnurlose Telefon und zog sich damit in sein Zimmer zurück. In seiner Schreibtischschublade hatte er eine Liste mit den Namen, Adressen und Telefonnummern aller Klassenkameraden. Nachdem er mehrere Male tief durchgeatmet hatte, wählte er Laras Nummer. Ihre Mutter war am Apparat.

„Kann ich bitte Lara sprechen?"

„Moment, ich hole sie. Wer spricht denn?"

„Leon ... Leon Pollux!"

„Ach wie nett, dass du anrufst. Lara wird sich freuen", sagte ihre Mutter, die ein bisschen geschwätzig wirkte. „Sie hat mir schon oft von dir erzählt. Warum hast du sie eigentlich nicht zu der Party letzten Samstag begleitet? Sie hatte sich das so gewünscht."

Leon traute seinen Ohren nicht. „Verwechseln Sie mich nicht?"

„Na, hör mal, es gibt nicht so viele Jungen, die Leon Pollux heißen", antwortete Laras Mutter, und Leon hörte förmlich, wie sie den Kopf schüttelte. „Und meine Lara erzählt mir alles. Wir haben ein gutes Verhältnis zueinander."

„Aha!" Mehr brachte Leon vor Verblüffung nicht heraus.

Als Lara den Hörer nahm, bemerkte er, dass sie vor Aufregung kaum Luft bekam.

„Hi", begrüßte sie ihn.

„Hallo!" Leon wusste plötzlich nicht, was er sagen sollte.

„Es war sehr gemein, was Brutus mit dir gemacht hat. Ich … ich habe nicht zugesehen!“, sagte Lara schnell.

„Ich muss mit dir reden!“, platzte Leon heraus. „Ich … ich muss dir etwas Unglaubliches zeigen. Ich möchte … dass du … dass du …“

„Dass ich was?“

„Ach, können wir uns nicht treffen?“

„Klar. Heute Nachmittag?“

Leon fiel sein Hausarrest ein. Aber irgendwie würde er schon wegkommen.

„Ja, heute Nachmittag! Kennst du die Ruine im Stadtwald?“

„Klar!“

„Dort treffen wir uns. Um vier Uhr.“

Nachdem er aufgelegt hatte, atmete er tief durch. Eine Hürde hatte er genommen.

„Ich hab ganz schön Mut“, bewunderte er sich selbst.

Und den brauchte er noch viel mehr für das zweite Telefonat.

Bei Chip hob eine Frau ab, die sich als seine Tante vorstellte. Leon erinnerte sich, dass Chip bei ihr wohnte.

„Leon? Du bist der Leon, den dieser widerliche Brutus in den Gully gestoßen hat?", polterte sie los, nachdem er seinen Namen genannt hatte.

„Äh ... ja, der bin ich", gab Leon kleinlaut zu.

„Ich bin wirklich froh, dass Chip sich von diesem Brutus immer fernhält. Es wäre mir wirklich nicht recht, wenn er mit einem so brutalen Kerl Umgang hätte."

Leon schluckte. Hatte er richtig gehört? Was sollte er jetzt sagen?

„Chip war ganz verzweifelt, weil er dir gern geholfen hätte, aber er sagt, gegen Brutus wagt keiner, etwas zu unternehmen."

„Das ... das stimmt. Kann ich ihn jetzt vielleicht sprechen?"

„Brutus?"

„Nein, Chip natürlich!"

Die Tante rief ihn. Als sie ihrem Neffen sagte, wer am Apparat war, hörte Leon heftiges Getuschel. „Sag ihm, ich bin nicht da", verlangte Chip verzweifelt.

„Warum? Du wolltest ihm doch helfen", erwiderte seine Tante verständnislos und drückte ihm den Hörer in die Hand.

Chip traute sich nicht einmal, seinen Namen zu sagen.

„Warum erzählst du deiner Tante solche Lügen?“, fuhr Leon ihn an.

„Moment, ich gehe in mein Zimmer!“, sagte Chip mit kleinlauter Stimme. Leon hörte Schritte und das Zufallen einer Tür.

„Was willst du?“, fragte Chip leise, aber sehr aufgeregt. „Mich erpressen? Sag, wie viel, ich zahle jeden Preis. Tante Hilda darf nichts erfahren. Aber ich musste das tun. Ich muss bei Brutus mitmachen.“

„Wieso?“, wollte Leon wissen.

„Weil er sonst mit mir das Gleiche macht wie mit dir. Kapierst du nicht? Dabei sein ist die beste Verteidigung!“, erklärte Chip.

„Sehr schlau“, spottete Leon.

„Also, wie viel?“

Leon tat so, als ob er auf Chips Angebot eingehen wollte. „Das … das kann ich dir vielleicht am Nachmittag sagen. Um vier bei der Ruine im Stadtwald.“

„Ich komme. Aber bitte kein Wort zu Tante Hilda!“, flehte Chip mit ängstlicher Stimme.

Nachdem Leon aufgelegt hatte, blickte er erstaunt und irgendwie belustigt auf das Telefon. Beide Gespräche erschienen ihm wie ein Wunder. Der Chamäleondrache hatte tatsächlich recht gehabt. Oft waren die Dinge ganz anders, als man glaubte.

Aber was würde wohl um vier bei der alten Ruine passieren? Konnte er die beiden tatsächlich ins Vertrauen ziehen? Sollte er ihnen das Geheimnis von Drachenherz verraten?

Der Angriff

Lara war wütend, als kurz nach ihr auch Chip bei der alten Ruine auftauchte.

„Was willst du hier?“, fauchte sie ihn unfreundlich an.

„Leon hat mich herbestellt!“, erklärte Chip, der ohne Brutus ziemlich schüchtern war.

„Leon? Dich?“ Lara konnte es nicht fassen. „Der hat sie wohl nicht alle.“

Leon hatte seinen Vater lange anbetteln müssen, bis dieser den Hausarrest in eine Woche Küchendienst umgewandelt hatte. Daher kam er auch zu spät.

Chip kauerte auf einem Stein, Lara lief gereizt hin und her.

„Was soll das?“, fragte sie aufgebracht und deutete auf Chip.

„Hallo!“, grüßte Leon.

„Sag schon, wie viel?“, drängte Chip.

Alles, was Leon sich ausgedacht hatte, war vergessen. Nein, niemals konnten diese beiden seine Getreuen werden! Unter keinen Umständen durfte er ihnen irgendetwas von dem Drachenschwert verraten. Er drückte die Ledertasche unter seiner Jacke fest an sich, als könnten Chip oder Lara sie ihm stehlen.

Verlegen sah er die beiden an.

„Hast du die Sprache verloren?“, schimpfte Lara. „Sag doch was.“

„Nein … ja … äh … also …“ Leon wusste einfach nicht, was er sagen sollte.

Er spürte, dass etwas aus der Tasche kroch und sich in seinen Bauch bohrte. Er griff danach und bekam den Füller zu fassen. Was tat das Ding? Wieso hatte es so viel Eigenleben?

Er zog die Hand unter der Jacke hervor und kratzte sich aus lauter Verlegenheit mit dem Füller am Kopf.

Lara war so groß wie er, hatte lange, dunkelblonde Haare und etwas Freches, Mutiges im Gesicht.

Chips Gesicht war fast so kugelrund wie der Vollmond. Auch sonst war er eher rundlich. Er behauptete zwar, hauptsächlich schwere Knochen und sehr dicke Muskeln zu haben, aber ein bisschen Babyspeck war da wohl auch dabei. Die Haare hatte er immer ganz kurz geschoren.

„Was ist jetzt?“, wollte Lara wissen. Sie stellte sich vor Leon und sah ihm direkt ins Gesicht.

Leon platzte der Kragen. Völlig unvermittelt fuhr er sie an: „Jetzt tust du auf einmal so mutig. Wieso hast du sonst immer nur hinter meinem Rücken getuschelt?“

Lara wurde rot bis zu den Haarwurzeln.

„Was läuft hier?“ Chip schob sich zwischen die beiden und stemmte die Hände in die Seiten. „Küsst ihr euch gleich? Wird auch noch geknutscht?“

Da hüpfte auf einmal der Füller aus Leons Hand. Er wollte noch nach ihm greifen, aber es war zu spät. Die Kappe sprang ab, und das Drachenschwert schoss heraus.

Lara und Chip waren einen Augenblick lang sprachlos.

„Netter Trick“, war das Einzige, was Chip hervorbrachte.

„Wie hast du das gemacht?“, fragte Lara.

Das Drachenschwert wirbelte schnell herum und schnitt eine türgroße Öffnung in die Luft.

Dahinter lag das Dorf, das Leon bisher nur aus der Ferne gesehen hatte.

Lara und Chip waren jetzt völlig sprachlos. Ganz langsam beugten sich beide vor, um besser in die Unsichtbare Welt sehen zu können.

Schon war das Drachenschwert hinter ihnen. Es legte sich quer und klatschte kraftvoll gegen ihre Rücken, sodass sie nach vorn stolperten. Es wiederholte diese Aktion, bis es die drei und sich selbst durch die Öffnung befördert hatte, die sich blitzschnell wieder hinter ihnen schloss.

Lara und Chip drehten sich um ihre eigene Achse, und ihnen fiel die Kinnlade herunter. Sie befanden sich mitten in dem Dorf, das sie bereits durch die Öffnung gesehen hatten. Dahinter erstreckte sich die Rote Wüste.

„Was …? Wie …? Wo …?“ Mehr brachten sie nicht heraus.

Durch die Gasse, an deren Ende sie standen, kam ihnen ein alter Mann entgegen. Er ging langsam und unsicher und trug ein langes, wehendes Gewand. Sein weißes Haar reichte ihm bis zu den Schultern.

Leon traute seinen Augen nicht.

„Großvater?“, fragte er leise.

Der alte Mann hob den Kopf, und Leon erkannte das gütige Gesicht seines Großvaters.

„Großvater!" Er rannte los, breitete die Arme weit aus und hatte fast das Gefühl zu fliegen.

Über ihnen hörte man plötzlich riesige Schwingen schlagen. Leon achtete nicht darauf. Wichtig war jetzt nur sein Großvater.

Völlig unerwartet packten die riesigen Krallenfüße zu. Ein ohrenbetäubendes Krächzen ertönte, als die Krallen sich durch das helle Gewand bohrten und den Großvater mühelos in die Höhe hoben.

Hilflos strampelte er mit den Beinen.

„Leon, hilf mir!", flehte er.

Leon sprang, aber der Großvater war schon zu hoch.

Ein schwarzer Monstervogel hatte ihn gepackt. Es war eine Krähe, die aber mindestens hundertmal so groß war wie die Vögel in seiner Welt. Unter dröhnendem Krächzen und mit ruhigen Flügelschlägen trug sie Leons Großvater davon und flog Richtung Burg.

„Nein, bitte nicht!", schluchzte Leon verzweifelt. Er wollte seinen Großvater nicht schon wieder verlieren.

Drei Opfer jedes Jahr

„Wo sind wir hier?“, wollte Lara wissen.

„In der Unsichtbaren Welt“, antwortete Leon mechanisch. Er stand noch immer unter dem Eindruck des soeben Erlebten.

Schnell holte er die Gürtel aus der Tasche und reichte sie den beiden. „Da, legt die Gürtel an! Ich zeige euch dann, wozu sie gut sind!“

Gehorsam befolgten Chip und Lara seine Anweisung.

Leon hatte Tränen in den Augen.

Wie konnte er seinen Großvater zurückholen? Hatte ihn die Riesenkrähe zu der Burg gebracht?

„Und was sollen wir mit diesen Gürteln? Sie sind ziemlich schwer!“, meckerte Chip.

„Vielleicht braucht ihr Schutz, falls wir angegriffen werden“, erklärte Leon. Erstaunt stellte er fest, dass er sich anhörte, als wäre er schon immer Drachenritter gewesen.

Ein Schatten glitt über ihn hinweg. Er blickte zum Himmel und sah dort den Chamäleondrachen. Der hatte sich an diesem Tag für schneeweiße Schuppen entschieden.

„Gratuliere, du hast alle drei Prüfungen bestanden und die richtigen Getreuen gefunden!", rief der Drache aus der Höhe Leon zu, ohne seinen Flug zu unterbrechen.

Lara und Chip starrten fassungslos zu dem Chamäleondrachen hinauf.

„Komm runter, ich brauche dich!", rief Leon.

„Hast du schon einen Namen für mich?"

„Äh … nein!" Leon hatte noch nicht einmal darüber nachgedacht.

„Dann streng dein kleines Hirn ein bisschen an. Wenn du einen Namen hast, sehen wir uns wieder", rief der Drache und sauste davon.

„Schöner Freund", schimpfte Leon ihm nach.

Chip hantierte an der Gürtelschnalle, die sich über seinem dicken Bauch nur schwer schließen ließ. Als er dabei zufällig die Drachenklauen auseinanderschob, schoss der Panzer in die Höhe und hüllte ihn ein.

„Hilfe … ich werde erdrückt", jammerte er.

„Reg dich ab!", beruhigte ihn Leon. „Ist alles

halb so wild. Das ist ein Brustpanzer und keine Zwangsjacke."

Unter lautem Knarzen öffnete sich ein Fensterladen. Eine alte Frau, die eine kleine Pfeife im Mundwinkel hängen hatte, blickte heraus.

„Was soll der Krach?", fragte sie mürrisch.

Leon trat näher und verneigte sich. „Ich bin Leon, der neue Drachenritter. Mein Großvater war hier. Er war früher Drachenritter. Ich dachte, er sei gestorben, aber ich habe ihn gesehen. Und dann hat ihn eine Riesenkrähe geholt."

Die alte Frau hatte das Haar zu einer turmartigen Frisur aufgesteckt. Mit ihren blauen Augen musterte sie Leon von Kopf bis Fuß.

„Jaja, die Drachenritter. Immer sehr mutig, aber uns hat noch keiner geholfen."

„Geholfen? Wobei braucht ihr Hilfe?", erkundigte sich Leon.

Die Frau deutete zu der finsteren Burg. „Jedes Jahr holen die Krähen von Lord Drakill drei aus dem Dorf und schleppen sie zur Grabsteinburg. Der Lord braucht ihre Lebenskraft, damit er seine Gestalt behalten kann. Wir haben tiefe Keller gebaut, in denen sich alle verstecken, sobald eine Krähe kommt. Aber meine Beine sind zu schwach. Ich kann die vielen Treppen nicht mehr steigen."

Aufmerksam hatten die drei zugehört.

„Außerdem müssen wir alle auch irgendwann einmal nach draußen, und dann erwischen die Krähen eben doch ihre Opfer!"

Leon zitterte am ganzen Körper. „Mein Großvater ... er *ist* ein Opfer. Ich will ihn befreien. Wie komme ich in diese Grabsteinburg?"

Die alte Frau lachte heiser. „Gar nicht. Nur die Riesenkrähen können sie erreichen."

„Ich muss aber hinauf!", rief Leon.

„Es gibt schon einen Weg. Den hat einmal ein besonders Mutiger aus unserem Dorf gefunden. Er führt unterirdisch bis zum Burgberg und mündet in den Brunnenschacht. Unser Vorfahr ist auf diesem Weg in die Burg gelangt und wollte die anderen drei befreien."

„Ist es ihm gelungen?", wollte Lara wissen.

Die Alte schüttelte den Kopf. „Nein, Lord Drakill hatte in jenem Jahr vier Opfer! Die Einzigen, die eine Chance haben, den Höllenritter zu besiegen, sind die Drachenritter. Da wir keine Lust haben, ständig Tote zu beklagen, verraten wir nur diesen den Weg."

„Wo beginnt der Tunnel?“, fragte Leon.

Wieder sah die Frau ihn prüfend an. „Woher soll ich wissen, dass du wirklich der Drachenritter bist? Erscheinst mir noch ziemlich jung“, murmelte sie. „Könntest auch ein Betrüger oder Ähnliches sein.“

„Das Schwert ... die Rüstung!“, rief Leon.

„Könnten nachgemacht sein.“

Verzweifelt sah Leon die Alte an. Was sollte er nur tun?

„Wenn du mir eine Frage beantworten kannst, dann zeige ich dir vielleicht den Weg“, sagte die Frau gedehnt.

„Ja?“ Leons Augen leuchteten auf.

„Also: Welche drei Tugenden zeichnen einen Drachenritter aus?“ Sie zog andächtig an ihrer Pfeife und wartete.

Leon überlegte krampfhaft. Tugenden hatte sein Großvater nicht erwähnt, aber er musste jetzt irgendetwas sagen. Er schluckte.

„Ehrlichkeit!“, sagte er dann, weil er fand, dass ein Ritter ehrlich sein musste.

Die Frau sah ihn mit unergründlicher Miene an. Sie schwieg.

„Tapferkeit!“, fügte er hinzu und hoffte, nicht

völlig danebenzuliegen. Eine dritte Tugend wollte ihm jedoch einfach nicht einfallen.

„Treue", flüsterte Lara, ohne die Lippen zu bewegen.

Genau, das war es, dachte Leon begeistert. „Und Treue", erklärte er laut und mit fester Stimme.

Die Frau musterte ihn eindringlich, aber ihr war nicht anzusehen, ob Leon die richtigen Tugenden genannt hatte.

Da schallte ein Hilferuf vom Burgberg zu ihnen herab. Leon erkannte die Stimme sofort. Das Leben seines Großvaters war in höchster Gefahr.

Der Gang

„Bitte, zeigen Sie uns den Gang!“, flehte Leon. „Ich muss los! Ich kann nicht länger warten.“

Bedächtig schüttelte die alte Frau den Kopf. „Drachenritter haben keine drei Tugenden“, sagte sie nachdenklich.

Leon rutschte das Herz in die Hose. Offensichtlich war er in eine Falle getappt.

„Sie haben viel mehr“, fuhr die alte Frau fort. „Und eine davon ist, furchtlos für ihre Ziele zu kämpfen und niemals aufzugeben. Und genau das hast du gerade getan, Drachenritter. Wartet, ich komme zu euch!“

Auf einen Stock gestützt, trat sie kurz darauf aus der Hütte. Ihre Kleidung war aus grober Jute und mit großen Stichen zusammengenäht. Irgendwie erinnerten Leon das Dorf und die Kleidung an Bilder aus dem Mittelalter, die er in Büchern gesehen hatte.

„Ihr braucht noch die Salbe gegen die Girgs“, fiel der Frau ein.

„Was sind Girgs?“, wollten die drei wissen.

„Das sind die Wächter in der Burg. Ohne Salbe werden sie sich sofort über euch stülpen und alles Menschliche aus euch heraussaugen!“ Die Schilderung der Frau klang so schaurig, dass Leon und die anderen eine Gänsehaut bekamen.

„Und wo gibt es diese Salbe?“, fragte Leon.

„Es ist der Saft der Honigameisen. Ihre Nester sehen aus wie meine Haare!“, kicherte die Alte. „Beschafft ihn euch lieber, den Saft. Sonst seid ihr schon jetzt verloren.“

„Und wo beginnt der Gang?“, bedrängte Leon die alte Frau.

Sie humpelte, schwer auf den Stock gestützt, durch die staubige Gasse.

„Ich zeige euch das Haus!“, kündigte sie an.

Der Angriff der Monsterkrähe kam so schnell und überraschend, dass Leon nicht einmal das Drachenschwert heben konnte. Wie ein schwarzer Federball stürzte sich der Vogel von oben herab, packte die Alte und riss sie fort.

Sie hatte noch die Geistesgegenwart, mit ihrem Stock in eine Richtung zu weisen. „Dorthin“, schrie sie, bevor ihre Stimme vom Rauschen des Flügelschlages verschluckt wurde.

Geschockt blieben die drei allein zurück und wollten nicht glauben, was geschehen war.

Leon war der Erste, der wieder sprechen konnte. „Wir ... wir müssen unter allen Umständen in die Grabsteinburg. Vielleicht kommen wir noch nicht zu spät.“

Chip schüttelte den Kopf. „Wir wissen noch immer nicht, wo dieser Gang beginnt. Wenn wirklich das ganze Dorf von Kellern durchzogen ist, müssen wir das richtige Gebäude finden. Sonst irren wir nur herum.“

Leon spürte, dass das Schwert in seiner Hand zuckte. Mit ausgestrecktem Arm hob er es hoch. Er öffnete die Hand, und das Schwert schwebte waagrecht vor ihnen in der Luft. Dann begann es, wie ein Kompass zu kreiseln. Schließlich blieb es stehen und wies mit der Spitze auf ein seltsames, schlankes Türmchen.

„Geht es da in den Gang?“, fragte Chip.

„Nein“, erklärte Lara. „Das Schwert hält sich an die richtige Reihenfolge. Da ist ein Nest der Honigameisen.“

Sofort liefen die drei hinüber.

„Klebriges Zeug“, stellte Lara naserümpfend fest, als sie sich kurz darauf mit dem Saft der Insekten einrieben. Sie hatten in dem Nest große, pralle Kugeln gefunden, aus denen sie den süßlich riechenden Saft herausgedrückt hatten.

„Und wo ist der Gang zur Grabsteinburg?“, fragte Leon nun das Schwert. Sofort wies die Spitze der Klinge auf ein markantes Haus mit zwei eckigen Türmen.

„Seid ihr bereit?“, fragte Leon seine Freunde.

Lara zog die beiden Drachenklauen der Gürtelschnalle auseinander, sodass ihr Brustpanzer ausfuhr. Leon und Chip taten es ihr nach.

„He, schick!“, stellte Lara fest. „Kann ich das auch in der Schule tragen? Zum Beispiel beim Volleyball? Damit tun Stürze bestimmt weniger weh.“

Leon gab ihr keine Antwort.

Das Haus, unter dem sich der Gang befinden sollte, war leer und verlassen. Die drei fanden eine Bodenklappe und hoben sie an. Eine morsche Leiter führte in einen Schacht, der in den lehmigen Untergrund gegraben worden war.

Leon kletterte voran. Nach ihm kam Lara, dann Chip.

Von oben fiel ein letzter Rest Licht in das tiefe Loch. Der Gang, der nun vor ihnen lag, war stockfinster.

„Hat jemand zufällig eine Taschenlampe dabei?“, fragte Chip und versuchte, so locker wie möglich zu klingen. Dabei hatte er schreckliche Angst, doch das hätte er natürlich niemals zugegeben.

„Ich gehe da nicht durch“, verkündete Lara entschieden.

Chip war froh und erleichtert, das zu hören. Bei Mädchen behauptete in solchen Fällen niemand, sie seien feige, und er könnte dann vielleicht, sozusagen zu ihrem Schutz, bei ihr bleiben. Aber er irrte sich.

„Gut, dann bleib hier stehen“, trug ihr Leon auf. Er nahm sie an den Schultern und verbog ihren Oberkörper ein wenig.

„Was soll das?“, empörte sich Lara.

„Dein Brustpanzer wirkt wie ein Spiegel und lenkt das Licht, das von oben kommt, in den Tunnel“, erklärte Leon. „Chip und ich laufen los. Du wartest hier, bis wir dich rufen.“

Lara nickte. Chip atmete tief durch und ergab sich in sein Schicksal.

Die Schritte der Jungen entfernten sich und wurden leiser und leiser.

„Nicht bewegen, sonst sehen wir nichts!“, rief Leon Lara nach einer Weile zu. Seine Stimme kam wie aus weiter Ferne.

In der Grabsteinburg

Der Tunnel schien kein Ende zu nehmen. Chip und Leon gingen und gingen und gingen und gingen. Es wurde immer dunkler, je weiter sie sich von Lara entfernten, bis sie schließlich von völliger Finsternis umgeben waren. Sie streckten die Hände aus und tasteten sich vorsichtig an der Wand entlang.

Nach einer schier endlosen Zeit tauchte ein schwacher Lichtschimmer vor ihnen auf.

Der Gang mündete in einen Brunnenschacht. Viele Meter unter ihnen war die Wasseroberfläche zu erkennen. Hoch über sich sahen sie durch ein rundes Loch den Himmel.

„Und wie sollen wir da hinaufkommen?“, fragte Chip.

Leon sah sich ratlos um. Doch dann kam ihm eine Idee. „Ich hab’s“, rief er aufgeregt. „Die Bewohner der Burg holen hier sicher ihr Wasser.

Ich versuche, sie zu überlisten. Aber ich muss es alleine machen. Warte hier."

Es dauerte nicht lange, bis ein großer hölzerner Eimer in die Tiefe gelassen wurde. Als er sich mit Wasser gefüllt wieder nach oben bewegte, schnappte Leon ihn und leerte ihn kurzerhand aus. Dann hängte er sich an das Seil und wurde langsam hinaufgezogen.

Der Girg stieß einen schrillen Schrei aus, als er sah, wen er da gerade nach oben befördert hatte. Schnell zog sich Leon am Brunnenrand hoch und sprang in den Hof.

Der Schrei des Girgs hatte andere Wächter alarmiert, die sofort auf ihren wabbeligen Beinen herbeistürzten und Leon umringten.

Mit zitternden Fingern holte dieser den Füller aus seiner Tasche und zog an der Kappe. Das Drachenschwert schoss heraus, Leon packte den Griff mit beiden Händen und schwang es drohend. Quiekend wichen die Girgs zurück.

„Ihr könnt mir nichts anhaben!", flüsterte Leon. „Riecht mal!"

Er beugte sich vor, und der süßliche Geruch des Honigameisensaftes strömte den Girgs entgegen.

Angewidert und mit schmerzverzerrten Gesichtern drehten sie sich weg.

Leon wurde mutiger. Mit ein paar schnellen Schritten ging er auf sie zu. Sofort stoben sie nach allen Seiten auseinander und verkrochen sich hinter den Bänken aus Grabsteinen.

Erst jetzt hatte Leon Zeit, sich umzusehen. Über ihm erhob sich die Burg viele Stockwerke hoch. An jeder Ecke gab es drei Türme, einen hohen und zwei niedrigere.

Das Baumaterial der Burg ließ ihn erschauern. Es waren tatsächlich Grabsteine, auf denen noch die Namen der Verstorbenen zu lesen waren.

Aber wo war sein Großvater?

„Hilfe! Hilf mir!“, hörte er plötzlich dessen Stimme aus der Burg.

Leon stürzte auf den nächsten Eingang zu und betrat das düstere Innere.

„Großvater, wo bist du?“, rief er.

„Leon, hilf mir!“

Die Stimme kam aus einem der oberen Stockwerke. Immer zwei Stufen auf einmal nehmend, hastete Leon nach oben.

Am Treppenabsatz angekommen, blieb er vor einer Tür aus zwei marmornen Gruftdeckeln stehen. Er berührte sie mit dem Drachenschwert, woraufhin sie sich knirschend öffneten und den Blick in einen riesigen Saal freigaben.

Leon zögerte, ihn zu betreten.

Es war der Saal aus seinem Traum.

Der Saal, in dem sein Vater von Lord Drakill fast vernichtet worden wäre.

Der Saal, in dem sein Großvater so schwer verletzt worden war.

An vielen Stellen schienen Grabfiguren und Engel mit abgebrochenen Flügeln und Köpfen aus dem Boden zu wachsen. Erhellt wurde der Raum von vielen Feuern, die in großen, in der Halle verteilten Schalen loderten.

Ganz hinten, am Ende des weitläufigen Raumes blitzte etwas Weißes auf.

„Leon, ich wusste, du kommst!", seufzte sein Großvater erleichtert.

Der alte Mann stand zitternd vor ihm.

Jetzt hielt Leon nichts mehr zurück. Er lief los und hörte nicht einmal mehr, dass sich hinter ihm die schweren Gruftdeckel wieder schlossen.

Er hatte seinen Großvater gefunden. Endlich konnte er wieder mit ihm sprechen.

Der alte Mann breitete seine Arme aus.

Leon war nur noch wenige Schritte von ihm entfernt, als Lord Drakill hinter einer der Grabsteinfiguren hervortrat. Er trug wie immer die Spiegelmaske und hatte seine Rüstung angelegt. Vom Panzer standen lange spitze Stacheln ab. Und das Schwarz des Metalls schien das Licht zu verschlucken.

Ein langer Mantel hing von den Schultern bis zum Boden. Als der Lord Leon sah, richteten sich die Stacheln an seinem Kragen erfreut auf.

„Verabschiede dich von deinem Großvater!“, lachte er so laut und schallend, dass die Flammen in den Schalen flackerten.

Ein scharfes Geräusch ertönte, als Lord Drakill sein Schwert zog, dessen Griff aus schwarzen Totenköpfen geformt war. Die Klinge schien eine einzige zischende Flamme zu sein.

Der Lord holte aus, um dem Großvater den Todesstoß zu versetzen.

„Nein!“, schrie Leon und griff den Höllenritter an.

Verloren!

Mit beiden Händen hob Leon das Drachenschwert hoch und sprang schützend vor seinen Großvater.

Heiß durchzuckte ihn der Gedanke, dass er keine Ahnung hatte, wie er mit dem Schwert umgehen und kämpfen sollte. Niemand hatte es ihm beigebracht.

Egal, es ging um seinen Großvater, und für den würde er alles tun.

Lord Drakill stieß einen triumphierenden Schrei aus und hob das Feuerschwert über den Kopf. Mit aller Wucht ließ er es auf Leon niedersausen. Der hob schnell das Drachenschwert und wehrte den Schlag damit ab.

Flammen zischten in alle Richtungen, als die Schwerter sich kreuzten.

Lord Drakill, der Höllenritter, kämpfte ruhig, aber mit ungeheurer Kraft.

Zu Beginn gelang es Leon, seine Schläge zu parieren und abzuwehren. Aber bald ermüdeten seine Arme. Er war den Schwertkampf nicht gewohnt und völlig untrainiert.

Der Höllenritter erkannte seine Chance und begann höhnisch zu lachen.

„Du hast bereits verloren!“

Mit fest zusammengebissenen Zähnen entgegnete ihm Leon: „Nein, das habe ich nicht. Ganz bestimmt nicht!“

Tapfer wehrte er sich weiter.

Lord Drakill gelang es, Leon mit dem Feuerschwert am Arm zu berühren. Der spürte einen brennenden Schmerz, versuchte aber, sich davon nicht ablenken zu lassen.

Immer wilder wurden die Schläge des Höllenritters. Das Flammenschwert versprühte gelbe und rote Blitze. Oft bewegte es sich so schnell, dass Leon größte Mühe hatte, den Schlag zu erkennen.

Überrascht bemerkte er die Augen des Drachen am Griff seines Schwertes. Sie waren schreckgeweitet und voller Entsetzen.

Immer mehr wurde Leon von seinem Großvater abgedrängt.

Lord Drakill fühlte sich dem Sieg nahe. Das Drachenschwert war fast schon in seinen Händen. Die Macht des Bösen konnte sich dann über die ganze Sichtbare Welt verbreiten. Der Junge vor ihm, der tapfer kämpfte, würde jeden Augenblick aufgeben müssen.

Völlig überraschend setzte er einen Hieb auf Leons Beine. Der Schmerz war fast unerträglich, Leon stolperte und stürzte. Kriechend versuchte er zu entkommen, aber es war zu spät.

„Großvater, flieh!", keuchte er auf einen Arm gestützt und zitternd.

Da griff der alte Mann nach seinem Gesicht und zog daran. Es löste sich ab. Es war eine Maske, an der lange weiße Haare hingen.

Darunter kam ein ganz anderes, graues Gesicht mit toten Augen zum Vorschein.

Das weiße Gewand fiel zu Boden und gab eine dunkle Kutte frei. Hastig zog der Unbekannte die nachtblaue Kapuze über den kahlen Kopf bis tief in die Stirn.

„Gut gemacht, Magier, unser junger Freund ist in die Falle gegangen!", lobte der Höllenritter seinen Verbündeten.

Hatte Leon bis eben noch einen Rest Kampfgeist und Kraft besessen, so war jetzt nichts mehr davon übrig. Gar nichts.

Er war betrogen worden. Die letzte Hoffnung, seinem Großvater noch einmal gegenüberzustehen, war zerstört.

Er wollte nicht mehr kämpfen.

Er wollte nicht mehr siegen.

Er wollte nichts mehr.

Der Höllenritter spürte die Schwäche des jungen Drachenritters, seine Machtlosigkeit, seinen schwindenden Mut.

Langsam löste er die Lederriemen der Spiegelmaske. Und noch langsamer begann er, sie von seinem schwarzen Gesicht zu ziehen.

Da fiel Leons Blick auf die spiegelnde Fläche der Maske. Er sah sich selbst darin, verzweifelt und vernichtet. Doch dann kam noch ein anderes Gesicht zum Vorschein. Auch das war er. Aber das Gesicht strahlte, und aus den Augen blitzten Kraft und Entschlossenheit.

Eine leise Stimme flüsterte: „Du bist der Drachenritter! Alles, was du brauchst, ist in dir!"

Es war der Drache am Griff des Schwertes, der das sagte.

Leon fielen die Worte seines Großvaters ein.

„Du wirst Mut, Klugheit und Geschick beweisen müssen. Du kannst das Böse nicht mit Schwerthieben besiegen."

„Willkommen an meiner Seite, Ritter der Hölle", begrüßte ihn Lord Drakill und riss sich die Maske ganz herunter.

Die roten Strahlen trafen eine der steinernen Statuen, die sofort zu schmelzen begann. Und im nächsten Moment wanderten sie direkt auf Leon zu, um alles Gute in ihm zu zerstören.

Ich muss etwas tun, dachte Leon verzweifelt. Aber was? Er könnte versuchen, zu fliehen, sich in Sicherheit zu bringen. Doch damit würde er die Menschen der Tyrannei Lord Drakills überlassen. Das wäre eines Drachenritters nicht würdig! Er durfte seinen Großvater nicht enttäuschen. Er durfte nicht versagen wie sein Vater.

Die roten Strahlen kamen immer näher und schmolzen zischend zwei tiefe Rinnen in den Steinboden. Leon wich zurück. Er wusste, wenn die Strahlen ihn trafen, hatte er keine Chance mehr. Dieser Waffe des Höllenritters war nicht einmal das Drachenschwert gewachsen.

Es sei denn …

Plötzlich hatte Leon eine Idee. Ja, sein Großvater hatte recht. Es war alles in ihm. Er musste sich nur auf sich selbst verlassen.

Schnell nahm er das Drachenschwert in beide Hände und hob es hoch. Mit der Breitseite der blanken Klinge fing er die tödlichen Strahlen ab und spiegelte sie auf Lord Drakill zurück.

Der Einsturz

Die Wirkung war genau so, wie Leon sie sich erhofft hatte.

Der Höllenritter stieß einen Schrei aus, der die Burg in ihren Grundfesten erzittern ließ. Die Strahlen seiner Augen hatten auf ihn dieselbe zerstörerische Wirkung wie auf jeden anderen.

Er bemühte sich, ihnen auszuweichen, sprang hin und her, wurde aber immer wieder getroffen.

Hastig versuchte er, seine Spiegelmaske aufzusetzen, doch Leon riss sie ihm aus der Hand. Klirrend zerbrach sie auf dem Boden.

Mit letzter Kraft versetzte der Höllenritter dem Jungen einen weiteren Schlag. Leon entglitt das Drachenschwert.

Die zerstörerischen Strahlen wurden nun nicht mehr auf den Lord gelenkt, sondern trafen wieder den Stein, der sofort zu schmelzen begann.

„Leon, ich warte auf dich!“, hörte er da auf

einmal die Stimme des Chamäleondrachen vor dem Fenster. „Komm raus, ich bringe dich fort."

Benommen taumelte der Höllenritter durch den Saal. Klagend und heulend warf er den Kopf in den Nacken. Die Strahlen setzten ihr zerstörerisches Werk fort.

Plötzlich wirbelte das Drachenschwert über den Boden und stieß gegen Leon. Dieser packte es und ging rückwärts auf den Ausgang zu.

Lord Drakill ließ er dabei keine Sekunde aus den Augen.

Die roten Strahlen hatten bereits Löcher in die Decke gebrannt. Riesige Grabsteine fielen herab und zerbrachen mit Getöse auf dem Boden des Saales. Manche waren so schwer, dass sie den Boden durchbrachen und mehrere Stockwerke in die Tiefe krachten.

Die Grabsteinburg erbebte.

Als Leon die Treppe hinuntereilte, packte ihn jemand am Arm. Erschrocken drehte er sich um und hob kampfbereit das Schwert. Aber es war nur die alte Frau aus dem Dorf.

„Der Lord … er … er hat sich gar nicht um mich gekümmert", berichtete sie mit brüchiger Stimme. „Ich habe mich einfach versteckt."

„Kommen Sie, wir müssen fort von hier!“, drängte Leon.

Über ihm brüllte und heulte nach wie vor der Höllenritter. Immer mehr Teile der Burg begannen einzustürzen.

Als Leon mit der alten Frau den Hof betrat, kamen sofort die Girgs herangestürmt. Um ihn machten sie zwar einen Bogen, doch sie versuchten, sich auf die Frau zu stürzen.

„Tu doch was!“, schrie Leon dem Chamäleondrachen zu, der über dem Hof schwebte und sich besorgt das Kinn kratzte.

Der Drache holte tief Luft und pustete. Aber außer einem warmen Windhauch kam nichts aus seinem Maul.

„Äh ... mir ist gerade eingefallen, dass ich gar kein Feuer speien kann!“, meldete er verlegen und flog noch einen Looping.

Die alte Frau kämpfte weiterhin verzweifelt gegen die Girgs.

Da zischte plötzlich von hinten eine Stichflamme durch die Luft.

„He, ich kann es ja doch!“, jubelte der Drache. Das hatte er noch nie geschafft.

Er hatte zwei der Girgs getroffen, die sofort in

sich zusammenfielen. Das Feuer hatte sie blitzschnell ausgetrocknet.

„Mach weiter!“, feuerte Leon ihn an.

„Mit Vergnügen!“

Der Drache hustete und spuckte, und immer wieder kamen kleine und größere Feuerbälle aus seinem Maul. Die Girgs verschwanden.

Schließlich landete der Chamäleondrache im Burghof. Leon und die alte Frau kletterten auf seinen Rücken, und der Drache erhob sich wieder in die Lüfte.

Unter ihnen stürzten gerade die Türme der Grabsteinburg ein. Danach ging alles sehr schnell. Immer mehr Mauern kippten und barsten. Die Burg fiel in sich zusammen.

Wie zwei mahnende Finger bohrten sich die roten Strahlen durch das Gestein und zischten gen Himmel. Sie standen eine Weile senkrecht über den Trümmern der Burg, bis sie schwächer und schwächer wurden und schließlich ganz erloschen. Es wurde still.

Die alte Frau, die hinter Leon hockte, klopfte ihm mit ihrem Stock auf die Schulter. „He, Jungchen, du bist gar nicht übel“, stellte sie anerkennend fest.

Leon lächelte verlegen.
„Ganz meine Meinung“, erklärte der Drache.

Der Jubel der Dorfbewohner war groß, als sie von Lord Drakills Niederlage erfuhren.
War er für immer besiegt?
Oder konnte er zu neuem Leben erwachen?
Lara und Chip, die bei den ersten Erschütterungen in der Burg aus dem Tunnel geflohen und wieder an die Erdoberfläche geklettert waren, standen neben Leon.
„Wir kommen gerne wieder und helfen!“, erklärte er. „Oder?“
Fragend sah er seine beiden Getreuen an.
„Klar!“, riefen diese im Chor.
„Vor zwei Tagen hat mir mein Großvater einen grünen Füller überreicht und gesagt, der würde mein Leben verändern!“, erinnerte sich Leon. „Ich denke, er hatte recht. Und ihr werdet euch ab jetzt auch auf einige Veränderungen einstellen müssen.“
„Äh ... das schaffen wir schon!“, meinte Lara locker und grinste.
Chip nickte nur stumm.
Der Chamäleondrache landete neben Leon.

„Und, wie steht's nun mit meinem Namen?", wollte er wissen.

„Darf ich einen Vorschlag machen?", bat Lara. Leon war einverstanden.

„Wir nennen ihn Jock!"

„Jock? Was ist das für ein Name?", fragte Leon verwundert.

„So heißt mein kleiner Bruder. Kommt von Jakob, aber als Baby hat er immer Jock zu sich gesagt."

„Und wie kommst du jetzt darauf?"

Lara beugte sich ganz nahe zu Leon und flüsterte: „Mein kleiner Bruder ist auch oft eine Nervensäge, manchmal aber durchaus zu etwas zu gebrauchen. Siehst du da nicht gewisse … Ähnlichkeiten?"

Lord Drakills Rache

Wie die abgebrochenen Zacken einer Krone ragten die Trümmer der Grabsteinburg in den Abendhimmel. Laut krächzend kreisten riesige Krähen darüber. Sie hatten ein schauriges Wehklagen angestimmt.

Leon stand mit Lara und Chip am Fuße des Burgbergs und blickte zu der Ruine hinauf. Noch immer konnte er nicht fassen, dass er es geschafft hatte, Lord Drakill zu besiegen.

In dem kleinen Dorf, das er von der Tyrannei des Höllenritters befreit hatte, wurde ein riesiges Fest veranstaltet. Eine Gruppe von jungen Männern lief auf Leon zu, packte ihn und hob ihn auf die Schultern. Er wurde zum Hauptplatz getragen, wo die ganze Dorfgemeinschaft ihn als Retter und Befreier bejubelte.

Leon war das Aufhebens um ihn ein bisschen unheimlich. Er lächelte unsicher.

„He, kannst ruhig mehr strahlen", rief Lara ihm fröhlich zu.

Chip gab ihr recht. „Leon Drachenherz, du bist echt cool!"

„Nie wieder werden die Krähen von Lord Drakill in unser Dorf einfallen, um drei von uns mitzunehmen!", jubelten die Leute.

Leon wurde kräftig durchgerüttelt, als die Dorfbewohner ihn durch die Straßen trugen. Er hatte Mühe, sich festzuhalten und nicht von den Schultern der jungen Männer zu stürzen.

Keiner ahnte, dass Lord Drakill noch lebte. Er lag begraben unter zerbrochenen Grabsteinen und Friedhofsstatuen im schwarzen Saal. Die roten Strahlen, die aus seinen Augen kamen und früher auch den härtesten Stein zum Schmelzen gebracht hatten, waren kaum noch zu sehen.

Es war totenstill. Schwer lasteten die Trümmer auf seiner Rüstung, die ihn davor schützte, erdrückt zu werden. In Gedanken erlebte er noch einmal den Kampf mit dem jungen Drachenritter. Wie hatte er nur so versagen können? Der Gedanke an die Niederlage entfachte Hass und Wut in Lord Drakill. Sein einziger Gedanke war Rache!

Er spürte, wie ihm der Zorn neue Kräfte verlieh. Riesige Kräfte. Übermenschliche Kräfte. Er presste die Hände gegen die schwarze Marmorplatte, die auf seiner Brust lastete, und schaffte es, sie in die Höhe zu stemmen. Unter lautem Stöhnen und Fluchen kämpfte er sich frei, bis er endlich aufrecht stehen konnte.

Mit dem schwarzen Stiefel stieß Lord Drakill aus Versehen gegen Splitter, die vor ihm auf dem Boden lagen. Es mussten Teile seiner zerbrochenen Spiegelmaske sein. Er hob zwei davon auf und hielt sie sich wie Brillengläser vor die Augen. Langsam sah er sich um.

Die Burg, die seine Vorfahren vor langer Zeit aus Grabsteinen errichtet hatten, lag in Trümmern. Und schuld daran war nur dieser junge Drachenritter!

Hastig begann der Lord, Gesteinsbrocken beiseite zu räumen. Er legte einen dunklen Gruftdeckel frei und drehte den steinernen Totenschädel, der an der Oberseite angebracht war, wie einen Türknauf. Der Deckel schwang nach unten und gab den Blick auf eine steile Treppe frei. Sie mündete in einen geheimen Fluchtweg, der unter dem Burgberg hindurchführte.

Von unten kam ein kalter grünlicher Lichtschein, der von Moorlichtern in den Mauernischen erzeugt wurde.

„Herr, nehmt mich mit", hörte Lord Drakill plötzlich eine Stimme hinter sich flehen.

Unter einigen Trümmern in der Nähe entdeckte er ein dunkles Gewand. Er hob die Gesteinsbrocken zur Seite und zog die hagere Gestalt des blinden Magiers darunter hervor. Wie durch ein Wunder hatten die zerbrochenen Grabsteine eine Art Dach über dem Alten gebildet, sodass er unverletzt geblieben war.

„Bestimmt war da Zauberei im Spiel", schoss es Lord Drakill durch den Kopf. Unsanft packte er die knochige Hand des Magiers und zerrte ihn mit sich zum Fluchttunnel. Der blinde Mann hatte große Mühe, sich auf den Beinen zu halten, aber das kümmerte den Lord wenig.

„Bringt mich in das Schwarze Tal, wo die beiden Obelisken stehen", verlangte der Magier mit brüchiger Stimme.

„Wie komme ich dazu?", antwortete der Lord barsch und kalt.

„Ich muss in das Schwarze Tal zu den Obelisken! Nur von dort aus kann ich die Macht des jungen Drachenritters brechen und ihn zerstören. Vertraut mir, Herr."

Lord Drakill blieb stehen und packte den Magier an den schmächtigen Schultern. Er rüttelte ihn so heftig, dass die Kapuze des Mannes herunterrutschte und seinen kahlen Kopf enthüllte.

„Du kannst ihn tatsächlich vernichten? Und mir das Schwert verschaffen?"

Hastig zog der Magier die Kapuze wieder tief ins Gesicht.

„Ja, Herr! Wenn Ihr mich ins Schwarze Tal bringt, so ist es möglich!"

„Er soll sterben! Einen langsamen, qualvollen Tod!", bestimmte Lord Drakill. „Und ich will es sehen! Das Schwert muss er bei sich tragen. Denn stirbt der Drachenritter, ohne das Schwert und die Rüstungen weitergegeben zu haben, darf sie derjenige behalten, der sie findet. Und das Schwert muss dem neuen Besitzer gehorchen." Er hielt kurz inne, dann schrie er: „Und das werde ich sein!"

Die Erscheinung

Es war Nacht in der Unsichtbaren Welt geworden, und der Mond warf sein fahles Licht auf die Trümmer der Grabsteinburg.

„Wir müssen zurück“, sagte Leon zu seinen Freunden. „Zurück in unsere Welt.“

Lara, die gerade gegrilltes Fleisch von einem Knochen nagte, hatte noch keine Lust dazu. Auch Chip war nicht begeistert.

„Das Fest kommt jetzt erst richtig in Schwung“, maulte er.

„Wollt ihr mitten in der Nacht nach Hause kommen? Wie erklärst du das deiner Mutter, Lara? Und du deiner Tante, Chip?“ Leon blickte seine Freunde fragend an.

„Äh … ich fürchte, da hast du recht!“, brummte Chip.

Sie verabschiedeten sich von den Bewohnern des Dorfes, die Leon erneut hochleben ließen.

Danach zückte er das Schwert und schnitt eine türförmige Öffnung in die Dunkelheit.

Noch immer konnte er kaum glauben, was er mit eigenen Augen sah: Als hätte er ein Stück Leinwand zerschnitten, klappte die Dunkelheit auf und gab den Blick auf eine nächtliche Straße der Stadt frei.

Nachdem die drei Freunde durch diese Tür getreten waren, schloss sie sich hinter ihnen und verschmolz mit der Umgebung.

Die grellen Lichtstrahlen von Autoscheinwerfern tauchten am Ende der Straße auf und verschwanden wieder, als das Fahrzeug abbog. Erschrocken bemerkten die drei, dass sie noch immer ihre Drachenpanzer trugen. Sie packten die Drachenklauen am unteren Rand und drückten sie fest zusammen.

Mit leisem Rasseln zerteilten sich die Panzer in schmale Streifen, die sich nach unten schoben und einen dünnen Gürtel bildeten. Ungewöhnlich waren nur die beiden Drachenklauen auf der Gürtelschnalle.

Leon drückte vorsichtig auf die Spitze des Drachenschwerts, das sich sofort zusammenschob, bis es die Form eines grünen Füllers hatte.

Leon, Lara und Chip waren jetzt wieder drei ganz normale Kids.

„Ihr müsst schwören, niemandem von der Unsichtbaren Welt zu erzählen!“, verlangte Leon.

Lara hob sofort die Hand. Chip zögerte.

„Und wenn ich mich mal aus Versehen verplappere?“, wandte er ein.

„Dann wirst du dich eben zusammennehmen!“, meinte Lara streng.

„Das ist aber nicht einfach“, seufzte Chip.

Lara verdrehte die Augen. „Jetzt mach schon, Chip. Stell dich nicht so an.“

Nach kurzem Zögern hob auch Chip die Hand. „Wir schwören!“, sagten die beiden feierlich. Leon nickte zufrieden.

Irgendwo in der Nähe schlug eine Uhr. Elf Schläge. Es war bereits elf Uhr nachts.

Die drei verabschiedeten sich voneinander, und jeder ging seines Wegs. Nachdenklich blickte Leon seinen beiden neuen Freunden nach.

Mit der Fingerspitze tippte er auf den Füller und sagte: „Danke, du hast mir gute Kumpels gezeigt. Die beiden sind wohl doch in Ordnung. Du hast dich nicht getäuscht.“

Noch nie zuvor hatte er sich so glücklich und

leicht gefühlt. Er spürte die Kraft in sich. Die Kraft des Siegers. Fröhlich marschierte er in die Richtung, in der das Haus seiner Eltern lag.

Ein leises Donnern ließ Leon den Kopf heben und zum Himmel blicken. Zog ein Gewitter auf?

Wieder donnerte es leise, und ein grünlicher Lichtschimmer flammte hinter den Wolken auf. Ihm folgte ein Blitz, der sich von seinem Mittelpunkt aus strahlenförmig nach allen Seiten ausbreitete. Was war das?

Leon war stehen geblieben und starrte nach oben. Durch das entstandene Loch blickte er in einen grünlich leuchtenden Tunnel, der kilometerweit ins Weltall zu führen schien.

In der Ferne war ein seltsames Geräusch zu hören. Es klang wie ein rhythmisches Flapp-flapp-flapp, das schnell näher kam und immer lauter wurde.

Ein Schatten tauchte im Licht des Tunnels auf. Leon erkannte zwei orangefarbene Augen. Etwas Riesiges schien aus der Öffnung zu stürzen.

Wie angewurzelt stand Leon da und starrte zu der seltsamen Erscheinung hinauf. Er hatte Mühe, die Kappe des grünen Füllers zu fassen, um sie abzuziehen.

Die glühenden Augen schienen in einer pelzigen Kugel zu sitzen, die sich in rasendem Tempo der Erde näherte.

Mit einem Ruck zog Leon die Kappe ab, und das Drachenschwert fuhr zu voller Länge aus.

Schützend hielt er es mit beiden Händen vor sich und wartete.

Das Rauschen über ihm steigerte sich.

Die schwarze Kugel klappte in der Mitte auseinander. Dichte Reihen von langen, dünnen Zähnen wurden drohend gebleckt.

Leon holte zum Schlag aus.

Da hörte er hinter sich ein Auto näher kommen. Das Scheinwerferlicht tanzte über die Hauswände. Das Schwert verwandelte sich von ganz allein wieder in den Füller, da es von niemandem gesehen werden durfte.

Völlig wehrlos stand Leon da.

Schreckliche Rückkehr

Fliehen konnte Leon nicht mehr, aber eigentlich wollte er das auch gar nicht. Er würde kämpfen und siegen, wie er es an diesem Tag schon einmal getan hatte. Mit geballten Fäusten stellte er sich dem rätselhaften Wesen.

Doch am meisten beunruhigte ihn das Auto, das direkt hinter ihm anhielt. Türen knallten, und er hörte Schritte auf dem Asphalt.

Die orangefarbenen Augen leuchteten immer greller, bis sie fast weiß wurden. Die Kugel war bedeutend größer, als Leon geschätzt hatte.

Auf einmal hatte er das Gefühl, als ob alle Kraft aus ihm wiche. Eine unglaubliche Schwäche breitete sich in seinem Körper aus und ließ ihn schwanken. Er hatte Mühe, sich auf den Beinen zu halten.

Die Schritte kamen näher, und aus den Augenwinkeln sah Leon zwei Männer.

Im gleichen Moment zerplatzte das Wesen lautlos über ihm. Der Schimmer, den der Himmelstunnel abstrahlte, erlosch, und das Loch in der Wolkendecke war verschwunden.

„He, Junge, was tust du da?“, fragte eine heisere Männerstimme.

Hinter Leon standen zwei Polizisten. Sie schienen überhaupt nichts von dem gesehen zu haben, was sich hier gerade ereignet hatte.

„Ich … ich bin unterwegs nach Hause“, antwortete Leon schnell. Seit das unheimliche Wesen verschwunden war, fühlte er sich wieder bedeutend kräftiger.

„Um diese Zeit solltest du längst zu Hause sein. Wissen deine Eltern, dass du dich noch auf der Straße herumtreibst?“, fragte der zweite Polizist mit strenger Miene.

Leon schwieg. Besser gar nichts sagen als lügen, dachte er sich.

„Steig ein, wir bringen dich heim“, forderte ihn der Mann mit der heiseren Stimme auf.

Leons Herz begann zu rasen. Das würde Ärger geben. Er nahm auf der Rückbank des Polizeiwagens Platz und sank in sich zusammen.

Der heisere Polizist fuhr. Der andere drehte

sich zu Leon um und fragte ihn nach seiner Adresse. Schnell gab Leon eine Nebenstraße an und hoffte, damit vermeiden zu können, dass seine Eltern den Polizeiwagen sahen.

Während der Fahrt sprach niemand ein Wort. Bald erreichten sie die Gegend, die Leon so vertraut war. In der Kassandrastraße hielt der Wagen vor dem Haus mit der Nummer 16.

„Danke", sagte Leon schnell. Er wünschte sich inständig, dass ihn die Polizisten jetzt nicht begleiten wollten. Sonst müsste er zugeben, dass er in Wirklichkeit um die Ecke wohnte.

„Wir kommen mit und reden ein ernstes Wort mit deinen Eltern", erklärte der zweite Polizist.

Leon rutschte das Herz in die Hose. Verzweifelt suchte er nach einem Ausweg.

„Komm, lass das", hielt ihn der andere zurück. „Wir müssen dem Jungen doch nicht unnötig Ärger machen." Er gab Leon ein Zeichen auszusteigen und hob die Hand zum Gruß. Kaum hatte Leon die Wagentür geschlossen, fuhren die beiden Polizisten auch schon weiter.

Erleichtert atmete Leon auf. Glück gehabt. Geduckt schlich er über ein Grundstück, erreichte den Garten seiner Eltern und stieg durch das offene Fenster im Erdgeschoss in sein Zimmer. Ohne das Licht anzumachen, begann er sich auszuziehen.

Er hätte seit Stunden zu Hause sein sollen.

Ob sein Vater im Wohnzimmer auf ihn wartete? Leon beschloss, so zu tun, als wäre er schon die ganze Zeit in seinem Zimmer gewesen.

„Guten Abend“, ertönte eine bekannte Stimme aus der Ecke.

Erschrocken fuhr Leon herum und machte jetzt doch Licht.

Sein großer Bruder Carsten saß in einem Sessel neben dem Fenster.

„Und, war die Party nett?“, erkundigte er sich mit einem falschen Grinsen.

„Nette Party, jaja“, stammelte Leon verlegen.

„Ich habe dich gedeckt, Kleiner!“, sagte Carsten mit ruhiger, aber drohender Stimme. „Habe behauptet, du wärst schon zu Hause. Natürlich kostet das was.“

„Was meinst du?“, fragte Leon unsicher.

Carsten zog eine Brieftasche aus seiner Hosentasche. Leon erkannte sie, es war seine.

„Ich habe mir mein Honorar schon genommen!“, erklärte Carsten.

„Nein, nicht mein ganzes Geld!“, protestierte Leon verzweifelt.

Draußen auf dem Flur waren die Schritte seines Vaters zu hören.

Leon verstummte und wartete. Wenn Carsten jetzt ihren Vater rief, würde der ihn halb angezogen sehen. Und damit wäre dann klar, dass er gerade erst heimgekommen war.

„Na?“, fragte Carsten leise und winkte mit dem Portemonnaie.

Mit zusammengebissenen Zähnen knurrte Leon: „Behalt’s!“

Leise klickend schloss sich die Schlafzimmertür der Eltern. Herr Pollux hatte sich für die Nacht zurückgezogen.

„Kluger Junge!“, lobte Carsten seinen Bruder wie ein Kleinkind und verließ das Zimmer.

Schnaubend vor Wut über seine Machtlosigkeit warf sich Leon aufs Bett. Er zog den grünen Füller aus der Hosentasche und schüttelte ihn. „Warum lässt du mich so im Stich? Warum lässt du zu, dass ich fertiggemacht werde? Ich bin doch ein Drachenritter, oder?“

Er bekam keine Antwort.

Verrat und Niederlage

Als Leon am nächsten Morgen erwachte, war er noch immer voller Wut. Beim Frühstück ertrug er es einfach nicht, seinem Bruder ins Gesicht zu schauen, der triumphierend grinste.

Später auf dem Schulhof hörte er, wie Carsten vor seinen Klassenkameraden mit der Erpressung prahlte.

Er spürte, dass sich Carstens Mitschüler über ihn lustig machten. Leon fühlte sich so mies und elend wie nur selten zuvor.

Am Schultor sah er Lara, die mit einigen Freundinnen zusammenstand. Die Mädchen kicherten und lachten.

Leon wollte zu Lara, um mit ihr zu reden. Schließlich verband sie jetzt ein Geheimnis. Als er aber auf sie zuging, gab sie ihm mit der Hand ein Zeichen, zu verschwinden. Lara scheuchte ihn weg!

Leon stieß einen tiefen Seufzer aus und ließ die Schultern hängen. Er war maßlos enttäuscht.

Doch es sollte noch schlimmer kommen. Er überquerte den Schulhof und ging zur Eingangshalle. Hinter einer der Säulen trat Brutus hervor und versperrte ihm den Weg.

„Na, hast du heute schon geduscht?“, fragte er und verschränkte die Arme vor der Brust.

Leon wusste, was diese Frage zu bedeuten hatte. Brutus war wohl wieder auf der Suche nach einem Opfer, das er kopfüber in die Toilette stecken konnte.

„Ja, habe ich, lass mich in Frieden“, entgegnete Leon schroff und versuchte, sich an Brutus vorbeizudrücken.

Doch er kam nicht sehr weit, denn Brutus stellte ihm von hinten ein Bein. Leon stolperte und fiel hart auf den Boden.

„Los, schnappt ihn euch“, hörte er Brutus kommandieren.

Und dann erlebte Leon etwas, das viel schlimmer als die „Dusche“ war. Zwei Jungen packten ihn links und rechts am Arm und zogen ihn hoch. Einer war Ralph, der andere – Chip.

Chip!

Verzweifelt und aufgebracht starrte Leon ihn an. Er öffnete den Mund, um etwas zu sagen, aber Chip bedeutete ihm, still zu sein. Gemeinsam mit Ralph schleppte er ihn zur Toilette.

„Er wird mich laufen lassen, ganz bestimmt", dachte Leon. „Ganz heimlich, sodass es aussieht, als hätte ich mich befreien können."

Um sie herum hatte sich bereits eine Traube von schaulustigen Schülern gebildet. Brutus' Aktionen waren beliebte Spektakel. Für einige war es ein großer Spaß, mit anzusehen, wie andere fertiggemacht wurden.

„Duschen! Duschen! Duschen!", forderten die Zuschauer in einem leisen Sprechchor.

Leon versuchte verzweifelt, sich loszureißen. Einen Arm konnte er Chips Griff entziehen, Ralph aber packte sofort noch härter zu. Und schon hatte sich auch Chip den zweiten Arm wieder geschnappt.

Die nächsten Sekunden erlebte Leon wie in Zeitlupe. Auf einmal hörte er nichts mehr, es war, als hätte jemand den Ton abgestellt.

Schon stürzte das Wasser auf ihn ein. Leon presste die Augen zu und hielt die Luft an.

Nach endlosen Sekunden war es vorbei. Auf

einmal waren alle fort, und er hockte auf dem Boden vor der Toilette. Wasser tropfte aus seinen Haaren und rann über sein Gesicht.

Leon spürte, wie er die Tränen nicht länger zurückhalten konnte. Er schluchzte heftig und wollte am liebsten überhaupt nicht mehr aufstehen. Diese Demütigung würde er nicht überleben. Das Schlimmste aber war die Enttäuschung über seine beiden neuen Freunde, die ihn so schmählich im Stich gelassen hatten.

Draußen schrillte die Schulglocke. Der Unterricht begann. Leon aber wagte sich nicht in seine Klasse. Bestimmt würden ihn die anderen auslachen oder zumindest hinter seinem Rücken hämisch grinsen und sich lustig machen.

Nachdem er sich halbwegs abgetrocknet hatte, trat er auf den Gang hinaus.

Jürgen Matthis, sein Geografielehrer, kam auf ihn zu. Er war noch jung und bei den Schülern sehr beliebt.

„Ist dir nicht gut?“, erkundigte er sich mit besorgter Miene.

„Geht schon“, antwortete Leon leise.

„Na ja, dann komm mit mir, wir haben beide den gleichen Weg!“

Es blieb Leon nichts anderes übrig, als mit Herrn Matthis in die Klasse zu gehen. Mit gesenktem Kopf schlich er zu seinem Platz.

Von der Unterrichtsstunde bekam er nur wenig mit. Herr Matthis erzählte von der totalen Sonnenfinsternis, die in fünf Tagen bevorstand und als Jahrhundertereignis galt.

„Für etwa zwei Minuten wird über unserer Stadt die Sonne völlig vom Mond verdeckt sein. Am Himmel ist dann nur noch ein leuchtender Rand zu sehen, und auf der Erde wird es deutlich dunkler werden“, schilderte er die Ereignisse mit leuchtenden Augen.

Leon war das völlig egal.

Wütend schloss er die Faust um den grünen Füller und drückte zu.

Drachenherz! Pah! Sein Großvater hatte behauptet, die Aufgabe, als Drachenritter gegen die schwarzen Mächte der Unsichtbaren Welt zu kämpfen, würde sein Leben verändern. Darüber konnte Leon nur lachen.

Vielleicht war er in dieser Unsichtbaren Welt etwas wert, hier aber, in der normalen Welt, war alles beim Alten geblieben: Er war Leon, der Versager!

Am furchtbarsten war für ihn der Verrat durch seine neuen Freunde. Wütend presste er den Füller noch fester.

Ein stechender Schmerz ließ ihn den Griff wieder lockern. Er starrte auf den Clip der Kappe. Das winzige Maul bewegte sich, und der Drache streckte ihm die Zunge heraus.

Hatte er ihn etwa gebissen?

Auf einmal bekam Leon Sehnsucht nach der Unsichtbaren Welt. Er wollte sofort nach der Schule dorthin zurückkehren. Und am liebsten wollte er für immer dort bleiben.

Jocks gute Ratschläge

Als die Schulglocke die letzte Stunde beendete, sprang Leon sofort auf, packte seinen Rucksack und rannte aus der Klasse. Er hörte, wie ihm jemand nachkam, drehte sich aber nicht um. Er war der Erste am doppelflügeligen Schultor, stieß es auf und stürzte ins Freie.

„Leon!" Es war Lara.

Sollte sie nur rufen! Sie konnte ihm gestohlen bleiben. Leon bereute zutiefst, Chip und Lara das Geheimnis des Drachenschwertes anvertraut zu haben. Wenn sie es herumerzählten, würden alle Leon für verrückt halten.

„Leon, bleib stehen, ich muss mit dir reden!", bat Lara.

Den Kopf gesenkt, hetzte Leon weiter. Er bog um eine Hausecke, und sein Blick fiel auf ein offenes, verrostetes Gittertor, hinter dem ein verwildertes Grundstück lag. Das Gras war schon lange nicht mehr gemäht worden und reichte ihm fast bis zur Brust. Leon bahnte sich einen Weg bis zu einem Heckenrosenstrauch.

Er hielt den grünen Füller vor sein Gesicht und schnaubte ärgerlich: „Wenigstens jetzt könntest du funktionieren." Als er die Kappe abziehen wollte, klemmte sie. „Mach schon", keuchte er. Aber der Füller ging nicht auf. „Mensch, bitte, ich brauche dich!"

Das wirkte. Die Kappe sprang ab, und der Füller verwandelte sich in das Schwert mit dem Drachengriff. Mit schnellen Bewegungen schnitt Leon eine rechteckige Öffnung in die Luft und hechtete in die Unsichtbare Welt. Hinter ihm schloss sich der Durchgang sofort wieder.

Zum ersten Mal an diesem Tag atmete Leon tief durch. Er fühlte sich in Sicherheit.

Neben ihm knallte etwas schwer zu Boden, und eine Staubwolke stieg auf. Erschrocken drehte sich Leon in die Richtung, aus der das Geräusch gekommen war.

„Tag, mein Herrchen!", grüßte ihn eine fröhliche Stimme. Sie gehörte Jock, dem Chamäleondrachen. Er musterte Leon von Kopf bis Fuß. „Was ist los? Ist meinem jungen Meister das

Schwert auf die Zehen gefallen?", erkundigte er sich und konnte sich ein belustigtes Lachen kaum verkneifen.

„Hau ab und lass mich in Frieden. Ich brauche niemanden, der mich blöd anquatscht!", fuhr Leon ihn an.

Jock ließ sich davon nicht beeindrucken. Er stützte den Kopf in eine Pfote und machte: „Tststs! Welche Laus ist dir denn über die Leber gelaufen? Mein neues Herrchen hat schlechte Laune. Darf Jock erfahren, was der Grund dafür ist?"

„Es gibt mindestens hundert Gründe!", knurrte Leon und trat mit aller Kraft nach einem Stein, der im hohen Bogen davonflog. Stockend berichtete er, was er seit gestern erlebt hatte.

„Lara und Chip sind Verräter!", zischte er zum Abschluss. „Was soll ich jetzt tun? Was hättest du getan? Los, sag schon!"

„Ganz einfach: Ich hätte mir die beiden vorgeknöpft und gefragt, ob sie noch ganz dicht im Kürbis sind."

Leon sah Jock ungläubig an. „Was, ehrlich?"

„Klar, was denn sonst?"

„Und mein großer Bruder, was mache ich mit dem?", wollte Leon wissen.

Auf diese Frage hatte selbst Jock keine Antwort. „Aber wenn du Streicheleinheiten brauchst, dann komm mit!“, schlug er gut gelaunt vor. Aus seinem Rücken wuchsen kleine Kamelbuckel, zwischen denen Leon bequem Platz nehmen konnte.

„Wohin fliegen wir?“, fragte er, während er sich in Jocks struppigem Fell festklammerte.

„Bitte gut festhalten, wir starten zu einem Überraschungsflug!“, verkündete der Drache wie eine Stewardess im Flugzeug und stieg steil in die Luft.

Das Drachenschwert in Leons Hand begann sich von allein zu bewegen. Das hatte es schon öfter getan, um ihn auf etwas aufmerksam zu machen. Mit der Spitze deutete es hinter sie.

Leon versuchte, den Kopf zu drehen, aber er musste aufpassen, dass er nicht von Jock herunterfiel. Er war noch nicht so geübt, was das Fliegen auf einem Drachen anging.

So konnte er nicht sehen, was Drachenherz ihm zeigen wollte.

Ein Schauer überlief Leon. Und dann ahnte er plötzlich, was das zu bedeuten hatte.

Sie wurden verfolgt!

Der Fluch

Kleine schwefelgelbe Spinnen krabbelten über den schwarzen Fels. Völlig überraschend sauste von oben etwas Brennendes, Rotes herab und löschte sie aus.

„Herr, hört auf damit!“, sagte der blinde Magier scharf.

Lord Drakill kauerte etwas entfernt von ihm auf einer abgebrochenen Säule.

Was war nur aus ihm geworden? Aus dem mächtigen Lord Drakill, dem furchterregenden Höllenritter? Gab er sich jetzt damit ab, kleine Spinnen zu töten? Der Magier hatte recht: Der Kampf gegen Leon Drachenherz hatte seine übermenschliche Kraft so sehr geschwächt, dass die einst tödlichen Strahlen, die aus seinen Augen kamen, kaum noch bedrohlich waren. Und wenn er nicht bald neue Lebensenergie bekäme, würde er nicht mehr lange leben.

Diese Energie bezog er ausschließlich von lebendigen, menschlichen Wesen. Er musste unbedingt wieder welche in seine Gewalt bekommen.

Doch der einst so gefürchtete Lord Drakill wagte sich nicht einmal in die Nähe eines Dorfes, denn einen weiteren Kampf mit dem Drachenritter würde er nicht überleben.

„Und, was ist? Ist dir deine magische Kraft abhanden gekommen?“, fragte Lord Drakill den alten Mann bissig.

Der blinde Magier stand zwischen zwei verwitterten und mit Runen übersäten Obelisken, von denen sich einer schon gefährlich zur Seite neigte und fast umkippte.

„Es darf kein Feuer in der Nähe sein, wenn ich die Noxaten rufe, Herr!“, erklärte der Magier. „Weder das Feuer Eures Schwertes noch das Feuer der Sonne.“

Lord Drakill steckte sein Flammenschwert in eine schwarze Scheide und stützte die Hände auf den Griff. Er warf einen Blick in die Höhe zum oberen Rand der engen, tiefen Schlucht, in der sie sich befanden, und sah ein kleines Stückchen blauen Himmel.

Nur für wenige Minuten am Tag schafften es

einige Sonnenstrahlen hier bis zum Boden. Die restliche Zeit herrschte bedrückende Düsternis.

Der Magier stand in seinem langen, nachtblauen Gewand zwischen den Obelisken und murmelte unverständliche Formeln, Sprüche und Beschwörungen.

Lord Drakill schüttelte verächtlich den Kopf. Sobald er das Drachenschwert in den Händen hielt, hatte der alte, blinde Mann ausgedient.

Der Magier stieß einen gellenden Schrei aus und riss die Arme in die Höhe. Seine langen Finger ragten wie dünne Spinnenbeine in die Luft. Er hielt sie weit gespreizt und sie zitterten vor Anstrengung.

Leuchtende Blitze schossen aus seinen Fingerspitzen zum oberen Ende der Obelisken. Von dort sprangen sie zum jeweils anderen über und bildeten so einen Bogen, der die mächtigen Steine miteinander verband.

Die Luft war erfüllt von scharfem Zischen und Knistern. Im Boden der Schlucht tat sich ein Loch auf, aus dessen Tiefe das Schlagen mächtiger Schwingen erklang. Die Ränder der Öffnung schienen sich nach oben zu dehnen und einen leuchtenden, trotzdem aber durchscheinenden

Tunnel zu bilden, der bis zum oberen Rand der Schlucht wuchs. Dort angekommen, knickte er zur Seite, als hätte ihn der Sturm umgeweht.

Wütend und enttäuscht schlug sich Lord Drakill mit der flachen Hand auf den schwarzen Beinpanzer, der seinen Oberschenkel schützte. Bereits zum zehnten Mal hatte der Magier seine Beschwörung begonnen, und jedes Mal war sein Vorhaben im letzten Augenblick schiefgegangen. Diesmal aber brach er nicht ab, sondern schien sich noch mehr anzustrengen. Sein ganzer Körper bebte, als er mit aller Kraft die Magie beschwor.

„Fluch dem Drachenritter und seinen Getreuen!", kam es laut und unheimlich aus der Kehle des Magiers.

„Fluch, Fluch, Fluch, Fluch!", tönte das Echo von allen Seiten.

Aus dem Loch tauchten schwarze Wesen auf, die an riesige Fledermäuse mit haarigen Körpern erinnerten. Ihre Augen leuchteten orangerot, ihre Mäuler waren mit nadelartigen Zähnen besetzt. Sie hatten spitze Ohren, und ihre Körper endeten in einem dünnen Schwanz mit Knochenhaken.

Ihre Schwingen erzeugten ein Geräusch, das sich wie ein gleichmäßiges Flapp-flapp-flapp anhörte. Langsam stiegen sie in dem grünen Lichttunnel empor.

„Aber der Tunnel ist geknickt!“, rief Lord Drakill ungehalten.

Ohne sich umzudrehen, antwortete der Magier mit dämonischer Stimme: „Das ist auch richtig so, denn der Drachenritter ist in die Unsichtbare Welt zurückgekehrt. Und er wird sie nie wieder verlassen.“

Der neue Dorfoberste

Noch immer ritt Leon auf Jocks Rücken durch die Luft. Es war ein unglaubliches Gefühl. Leon genoss es, sah sich aber gleichzeitig immer wieder nach einem möglichen Verfolger um. Auch Jock war wachsam.

Der Drache drehte eine kleine Runde über dem Dorf, das Leon schon kannte, und setzte dann zur Landung an.

„Hat dieses Dorf auch einen Namen?“, wollte Leon wissen.

„Artingat!“, antwortete der Drache, streckte seine vier Beine aus und setzte auf dem steinigen Boden auf. Dabei wirbelte er eine mächtige Staubwolke auf.

Und in der Wolke sah Leon es dann. Es war nur ein schwacher Schatten, der eilig aus der Wolke herausflog, aber er war da. Der Körper schien aus einem riesigen Kopf mit spitz zulaufenden Ohren und zwei kurzen Beinen mit übergroßen Füßen zu bestehen. Die Füße strampelten jetzt heftig.

„Was ist das?“, fragte Leon staunend.

„Unser Verfolger! Für das bloße Auge kann er sich unsichtbar machen, nicht aber für Sonnenstrahlen!“, sagte Jock grimmig. Er deutete auf den Boden, wo das Wesen einen Schatten warf.

Eilig wollte es das Weite suchen, wurde dabei aber sichtbar. „Halt, Bürschchen!“, rief Jock.

Laut quiekend ergriff das Wesen die Flucht. Wie ein weißer Blitz sauste es davon. Und der Chamäleondrache hinterher.

Bald hatte Leon sie aus den Augen verloren.

Zwei Bewohner von Artingat, die gerade die Straße entlangkamen, erkannten ihn und begrüßten ihn hocherfreut. Sie nahmen ihn sofort mit zum Hauptplatz, wo sich viele Leute versammelt hatten und um einen Mann herumstanden, der an einer Statue arbeitete. Er hatte bereits eine Figur aus dem Holz gemeißelt.

Leon erstarrte.

Es war sein Ebenbild!

„Wir setzen dir ein Denkmal!“, verkündete ein beleibter Mann mit Walrossbart. „Außerdem schlage ich Leon als Dorfobersten vor. Er soll uns allen vorstehen!"

Die Menschen stimmten lautstark zu.

Fassungslos schüttelte Leon den Kopf. Daheim duschte man ihn in der Toilette, und hier wurde er zu einer Art Bürgermeister gemacht!

„Und?", wollten die Bewohner von Artingat wissen. „Wie entscheidest du dich?"

Nach kurzem Zögern verkündete Leon: „Ich nehme an! Ich werde euer Dorfoberster!"

Der Jubel schien kein Ende zu nehmen.

Nein, niemals würde Leon die Unsichtbare Welt wieder verlassen. Es gab für ihn keinen Grund, in seine eigene Welt zurückzukehren.

Die begeisterte Menge führte Leon in das größte Haus am Hauptplatz. Es schien sich um das Rathaus zu handeln.

Er wurde zu einem wuchtigen Stuhl geführt, musste sich setzen und einen Dorfbewohner nach dem anderen anhören.

Der erste war ein kleiner Mann, der nur aus Muskeln zu bestehen schien. „Ich heiße Gilbert, und mein Nachbar Silvano hat mir ein Schwein gestohlen!", zeterte er und deutete auf den Mann, der neben ihm stand.

Leon winkte ihn zu sich. „Silvano, was sagst du zu deiner Verteidigung?“, wollte er wissen.

Silvano starrte ihn mit großen Augen an. „Wozu soll ich mich verteidigen? Es gibt doch überhaupt keinen Beweis, dass ich das Schwein gestohlen habe!“

Da musste Leon ihm rechtgeben.

Gilbert wurde ungeduldig. „Ich will sofort mein Schwein wiederhaben!“, schrie er.

Sein Nachbar verschränkte die Arme vor der Brust und setzte eine abweisende Miene auf. „Du kannst gerne bei mir suchen, aber du wirst kein Schwein finden.“

Wütend ging Gilbert mit den Fäusten auf ihn los. Silvano versuchte, ihn abzuwehren, aber Gilbert wollte kämpfen.

Silvano wandte sich Leon zu: „Seid Ihr der Dorfoberste oder nicht?“, fragte er aufgebracht.

Hilflos beobachtete Leon das Ganze. Er musste unbedingt etwas tun – nur was?

Als Gilbert erneut angriff, versetzte Silvano ihm einen Tritt gegen das Schienbein. Gilbert stürzte nach vorn und schrie auf vor Schmerz.

Schließlich griff Leon nach dem Drachenschwert, um den Kampf zu beenden.

Doch das Schwert war auf einmal tonnenschwer geworden. Es lehnte an dem mächtigen Stuhl und ließ sich nicht mehr heben.

„Bockiges, stures Ding“, schimpfte Leon leise.

Draußen wurde plötzlich ein riesiger Gong geschlagen. Donnernd dröhnten die Schläge durch das ganze Dorf.

Sofort beendeten die beiden Streithähne ihre Auseinandersetzung und liefen zum Fenster.

„Was bedeutet das?“, wollte Leon wissen.

„Alarm! Wir werden angegriffen!“, rief Gilbert.

Die Schwarze Krankheit

Leon sprang auf und rannte ins Freie. Alle Dorfbewohner standen auf dem Hauptplatz und starrten zum Himmel, aus dem eine mächtige, durchscheinende grüne Röhre nach unten wuchs. Aus der riesigen Öffnung war das Geräusch von unzähligen Flügelschlägen zu hören.

Mit schrillen Schreien stürzten die Wesen herab. Leon erkannte sie sofort wieder.

Schreiend stoben die Leute auseinander.

Wie angewurzelt stand Leon da und starrte die schwarzen Dämonen an, deren Augen grell leuchteten. Angriffslustig öffneten sie die Mäuler und blickten sich gierig nach Opfern um.

Hatten sie es etwa auf ihn abgesehen? Am liebsten wäre er einfach geflohen, am besten zurück in seine Welt. Aber nicht einmal dort war er ja vor ihnen sicher, wie er gestern Nacht hatte erfahren müssen.

Doch wie konnte das sein? Seines Wissens war nur das Drachenschwert in der Lage, eine Verbindung zwischen der Unsichtbaren Welt und der Welt der Menschen zu schaffen. Wie also hatte die grüne Röhre am Himmel auftauchen können?

Mit lautem Geschrei kreisten die dämonischen Wesen über dem Platz.

Das Drachenschwert lehnte immer noch an Leons Stuhl im Rathaus. Er lief los, um es zu holen. Und diesmal machte es sich nicht schwer, sondern ließ sich ganz leicht hochheben.

Einen Augenblick lang kämpfte er mit sich. Sollte er einfach in seine Welt fliehen, oder sollte er versuchen, die Wesen zu bekämpfen?

Fliehen ist feige, ich darf die Leute hier nicht im Stich lassen, entschied er und trat entschlossen wieder ins Freie.

Noch immer kreisten die schwarzen fledermausähnlichen Tiere mit langsamen, mächtigen Flügelschlägen am Himmel. Unermüdlich sahen sie sich um. Suchten sie Leon?

„Drachenritter, befreie uns von dieser Gefahr!“, ertönten die ängstlichen Stimmen der Dorfbewohner aus ihren Häusern, von wo aus die Leute das unheimliche Spektakel über ihrem Dorf verfolgten.

Leon hob das Schwert mit beiden Händen hoch und hielt es vor sich.

„Wenn ihr *mich* sucht, ich bin hier!“, schrie er und klang mutiger, als er sich fühlte.

Ein goldgelbes Leuchten ging von Drachenherz aus. Die Edelsteine funkelten, als würden in ihnen kleine Feuer brennen.

Die schwarzen Wesen bemerkten es und wichen zurück. Sie hatten offensichtlich Angst.

Das gab Leon neuen Mut. Er ging weiter, das Schwert hoch über den Kopf gestreckt.

„Na los, traut euch! Greift an! Gegen mich und mein Schwert habt ihr keine Chance!“, höhnte er laut.

Tatsächlich schienen sich die Dämonen einschüchtern zu lassen. Sie stiegen höher, und die Haare ihrer pelzigen Körper sträubten sich.

„Wenn ihr euch nähert, schlage ich euch kurz und klein!“, drohte Leon. Er sprang mit aller Kraft in die Höhe und stach mit dem Schwert in die Luft. Kreischend stoben die schwarzen Wesen nach allen Seiten davon. Der Himmel war wieder frei.

Beifall heischend sah sich Leon um. Die Bewohner von Artingat hatten Fenster und Türen einen winzigen Spaltbreit geöffnet, um ihn zu beobachten. Nun kamen sie heraus und brachen in lauten Jubel aus.

Restlos zufrieden mit sich und auch ein bisschen stolz kehrte Leon ins Rathaus zurück, um seinen Pflichten als Dorfoberster nachzukommen.

Doch er hatte seinen Stuhl noch nicht erreicht, als er von draußen erneut Schreie hörte. Unter die panischen Hilferufe der Menschen mischten sich die schrillen Töne der Dämonen. Leon stürzte ans Fenster und sah auf den Marktplatz hinaus. Er hatte sich nicht getäuscht.

Die Wesen mit den riesigen Flügeln und den glühenden Augen waren zurückgekehrt. Diesmal zögerten sie nicht, sondern stürzten sich sofort auf ihre Opfer.

Entsetzt musste Leon zusehen, wie drei Jungen, die zu fliehen versuchten, von den Wesen verfolgt wurden. Sie kreisten sie ein und rissen die Mäuler weit auf.

Dann taten sie etwas Merkwürdiges: Statt zuzubeißen, stießen sie mit einem heiseren Husten dunkelgraue Dampfwolken aus, die die Jungen einhüllten. Dann erhoben sie sich wieder wild mit ihren Schwingen schlagend in die Luft.

In Artingat war es totenstill geworden. Diesmal wagte sich niemand sofort aus dem Haus. Türen und Fenster blieben geschlossen.

Gilbert und Silvano standen gemeinsam an einem Fenster des Rathauses, als hätte es nie Streit zwischen ihnen gegeben, und sahen gebannt hinaus.

Die Jungen waren immer noch in einer dunkelgrauen Wolke verborgen.

Erst als ein heftiger Windstoß durch das Dorf fegte, wurde die Wolke zerrissen. Auf dem sandigen Boden lagen die drei Jungen, die ungefähr in Leons Alter waren. Erleichtert atmete er auf, als sie sich bewegten und langsam aufrichteten. Dabei stöhnten sie, als ob sie schlimme Schmerzen hätten.

Gilbert erkannte es als Erster: Die Haut der drei Jungen war gelblich und von schwarzen Pusteln übersät.

„Sie haben die Schwarze Krankheit!“, hörte Leon Gilbert flüstern. „Die Dämonen haben die Schwarze Krankheit gebracht.“

Türen wurden von innen verriegelt. Die drei

Kranken blieben völlig allein auf dem Marktplatz zurück. Niemand eilte ihnen zu Hilfe.

Der Junge, der dem Rathaus bisher den Rücken zugewandt hatte, drehte sich jetzt suchend um. Gilbert stöhnte erschrocken:

„Latius, mein Sohn!“

„Vater, hilf mir!“, flehte Latius und hob voller Angst die Hände.

Gilbert biss die Zähne zusammen, ballte die Fäuste und starrte Leon an.

„Dorfoberster … Pah!“, sagte er. „Drachenritter … Pah!“ Danach konnte er nicht mehr normal sprechen, sondern nur noch schreien. „Du Betrüger! Du Mörder! Du hast meinen Sohn umgebracht! Er wird sterben, und du bist schuld daran! Du allein!“

„Aber … aber ein Arzt kann bestimmt …“

Weiter kam Leon nicht.

„Es gibt keine Heilung für die Schwarze Krankheit!“, tobte Gilbert und ging voller Verzweiflung auf Leon los.

Das reichte. Leon verließ das letzte bisschen Mut. Er schnitt mit dem Drachenschwert eine kreisrunde Öffnung in die Luft und verließ mit einem Hechtsprung die Unsichtbare Welt.

Keuchend hockte er im nächsten Moment auf einer Wiese und versuchte, einen klaren Gedanken zu fassen. Doch er schaffte es nicht. Was er gerade erlebt hatte, war zu viel für ihn.

Das Schlimmste war Gilberts Verzweiflung darüber gewesen, dass sein Sohn mit einer unheilbaren Krankheit angesteckt worden war.

„Latius wird sterben, obwohl die Dämonen eigentlich gekommen waren, um mich zu töten!", murmelte Leon. Er strich über die warme Klinge des Drachenschwertes, das ihm soeben das Leben gerettet hatte. Denn die Flügelwesen fürchteten es.

Ratlos ließ er sich zurück ins Gras sinken.

Was sollte er jetzt tun?

Die Jagd geht weiter

Im Schwarzen Tal hockte Lord Drakill noch immer an derselben Stelle und keuchte heftig. Er fühlte sich schwach. Seine Lebenskräfte schwanden schneller, als er gedacht hatte. Er wusste: Ihm blieb nur noch sehr wenig Zeit.

Der blinde Magier saß erschöpft an einen der mit Runen übersäten Obelisken gelehnt und wartete ungeduldig auf die Rückkehr der Noxaten. An ihrem Schrei würde er erkennen, ob sie dem jungen Drachenritter tatsächlich den Pesthauch ins Gesicht geblasen hatten.

In der grünen, durchscheinenden Röhre näherte sich ein Flattern, das schnell lauter und heftiger wurde. Die Noxaten. Doch noch bevor sie die Obelisken erreicht hatten, wusste der Magier bereits Bescheid. Sie hatten mit Erfolg gejagt. Drei jungen Männern hatten die Noxaten die tödliche Krankheit gebracht.

Doch den Drachenritter hatten sie nicht erwischt. Sein Schwert war für sie ein unüberwindbares Hindernis.

Der blinde Magier stand auf und stieß einen leisen Fluch aus.

Mit schwacher Stimme meldete sich Lord Drakill: „Und?“

„Der Drachenritter scheint in seine Welt zurückgekehrt zu sein. Wir müssen auf die Nacht warten. Dann versuche ich erneut, einen Dämonengang in die Sichtbare Welt aufzubauen. Bei Nacht wird er das Drachenschwert nicht bei sich tragen. Die Gelegenheit wäre günstig.“

Der Lord sank kraftlos in sich zusammen. Niemals hätte er dem Magier vertrauen und in dieses Tal kommen dürfen.

„Wenn es diesmal nicht klappt, so gehört deine Lebenskraft mir!“, sagte Lord Drakill leise und drohend.

Der Magier wusste, dass es sein Herr ernst meinte. Doch er musste bis zum Abend warten, sonst war die Gefahr zu groß, dass die Noxaten in der Sonne verbrannten. Das durfte nicht geschehen.

Gibt es einen Weg?

Leon wusste nicht mehr, wie er nach Hause gekommen war. Irgendwann stand er in seinem Zimmer und ließ sich auf das Bett fallen. Sekunden später war er eingeschlafen. Erst als ihn jemand heftig an der Schulter rüttelte, wachte er wieder auf. Über sich sah er Carstens Gesicht.

„He, hast du nichts anderes zu tun, als den ganzen Tag nur zu pennen?“, fragte sein Bruder abfällig. „Abendessen!“

Leon hatte Mühe, richtig wach zu werden. Beim Aufsetzen tat ihm jeder Knochen im Leib weh. Es kostete ihn Kraft, sich auf den Beinen zu halten und bis ins Wohnzimmer zu gehen.

„Darf ich wissen, wieso du nicht zum Mittagessen erschienen bist?“, fuhr ihn sein Vater an.

Erst jetzt wurde Leon klar, dass es bereits Abend war. Die Dämmerung ging schon in die Nacht über.

„Ich … habe bei einem Freund gegessen und mit ihm gelernt“, log Leon.

„Und vom Lernen bist du jetzt völlig erschöpft“, sagte Carsten spöttisch.

„Ja“, antwortete Leon knapp.

„Du lügst“, zischte Carsten ihn an.

„Beweis es mir“, gab Leon zurück.

„Wir essen jetzt“, beendete Herr Pollux das Hickhack der Brüder.

Beim Abendessen lief wie immer der Fernseher. Leons Mutter schien es keine Sekunde ohne ihn auszuhalten. Schweigend schaufelte Leon den Eintopf in sich hinein.

Zur gleichen Zeit wurden ein Stück vor der Stadt die dichten, dunklen Regenwolken zerrissen, die am Nachmittag aufgezogen waren. Ein grünlich schimmernder Tunnel erschien, und seine Öffnung dehnte sich trichterförmig nach allen Seiten aus.

Mit heftigem Flügelschlag verließen die Noxaten den Tunnel. Als sie mit der kühlen Nachtluft in Berührung kamen, breiteten sie ihre Flügel aus und segelten lautlos dahin.

Der blinde Magier hatte ihnen reiche Beute versprochen. Auch hatte er ihnen in Aussicht gestellt, dass sie öfter in diese neue, unbekannte Welt eindringen dürften, wenn es ihnen gelänge, den jungen Drachenritter in ihren Pesthauch zu hüllen und krank werden zu lassen.

Die Noxaten wussten, wie er aussah. Sie hatten ihn gesehen und sich seine Gestalt und sein Gesicht eingeprägt.

Wie schwarze Wolken glitten sie über die Dächer der ersten Häuser.

Eine Gruppe von drei Mädchen und zwei Jungen war unterwegs zu einer Party und ging kichernd und plaudernd durch eine stille Gasse.

Später konnten sie niemandem sagen, was genau geschehen war. Das Einzige, was sie mitbekamen, war eine flatternde, haarige Dunkelheit, die sie auf einmal umgab. Sie sahen orangefarbene Lichter und spürten feuchten, nach fauligem Wasser, alten Lumpen und Schlamm stinkenden Nebel, der sie einhüllte.

Dann aber war da ein Gefühl, das sie noch nie zuvor gespürt hatten. Es war, als würde ihnen jemand ihre ganze Kraft durch Mund und Nase aus dem Körper ziehen.

Die Schwäche, die folgte, ließ sie stolpern und stürzen.

Im Schein der Straßenlaternen sahen sie zuerst nur dunkles Grau. Sie hoben die Arme und versuchten, den Nebel zu zerteilen und zu zerreißen. Nach vielen vergeblichen Versuchen glückte es ihnen schließlich.

Als sie einander ansahen, wussten sie noch nicht, was die gelbe, fahle Haut und die schwarzen Pusteln zu bedeuten hatten.

Die Noxaten aber kehrten nicht mehr in die Unsichtbare Welt zurück. Sie verkrochen sich in alten Gemäuern und Türmen, wo sie unbeschadet den Tag verbringen konnten. Schon in der nächsten Nacht würden sie wieder auf die Jagd gehen und die Suche nach Leon fortsetzen.

In den Nachrichten kam die erste Meldung über den Vorfall zwei Stunden später. Obwohl Leon sich bereits in sein Zimmer zurückgezogen hatte, hörte er die Worte, die ihn aufschreckten wie ein Kanonenschuss:

„… fünf Fälle einer Krankheit entdeckt, die große Ähnlichkeit mit der längst ausgerottet geglaubten Pest hat."

Er riss die Zimmertür auf und stürzte ins Wohnzimmer, wo seine Mutter noch immer vor dem Fernseher saß.

Der Nachrichtensprecher berichtete von den fünf Jugendlichen, bei denen die Krankheit innerhalb von Minuten ausgebrochen war. Als die Symptome beschrieben wurden, wusste Leon, dass die schwarzen Wesen zugeschlagen hatten. Es musste einfach so sein.

Sie hatten einen Weg gefunden, in seine Welt zu gelangen, und wüteten jetzt hier, während sie nach ihm suchten.

Wie erstarrt blieb Leon vor dem Fernseher stehen. Er wurde gejagt! Leon begann, am ganzen Körper zu zittern.

Er zitterte, weil er in Lebensgefahr war. Er zitterte jedoch auch, weil Tausende andere in der gleichen Gefahr schwebten. Leon besaß das Drachenschwert, das ihn schützen würde. Die anderen aber nicht.

Verzweifelt zog er sich in sein Zimmer zurück und schloss die Tür ab. Sein Vater durfte das Schwert niemals sehen, hatte ihm sein Großvater eingeschärft.

Großvater! Leon warf sich auf den Bauch und kramte unter seinem Bett herum. Zwischen der Matratze und den altmodischen Bettfedern hatte er eine Metallkassette versteckt. Er holte sie hervor, öffnete sie und nahm das einzige Foto heraus, das er von seinem Großvater besaß.

„Ich brauche deine Hilfe", sagte er zu dem Bild. „Was soll ich nur machen?" Gespannt starrte er auf das Foto, das seinen Großvater in einem hellen Gewand in seinem Lehnstuhl sitzend zeigte.

Auf einmal verschwand der ernste Blick aus dem Gesicht. Der alte Mann lächelte auf eine Art und Weise, die Leon sofort Mut machte.

„Sag was, bitte!", flehte er ihn an.

„Leon, zuerst denken, dann handeln, so einfach geht das", lautete der Ratschlag seines Großvaters.

„Diese schwarzen Wesen ..."

„... sind fort, werden aber zurückkommen!"

Danach erstarrte das Bild wieder und sah so zerknittert aus wie zuvor.

Zuerst war Leon über diesen Ratschlag mehr enttäuscht als erfreut. Dann aber verstand er den Sinn. Er verschränkte die Arme hinter dem Kopf und überlegte. Schon bald fasste er einen Entschluss: Er würde mit Lara und Chip reden.

Manchmal ist alles ganz anders

Nachdem er beschlossen hatte, was er als Nächstes tun würde, übermannte Leon zum zweiten Mal an diesem Tag die Erschöpfung. Da er Chips Adresse kannte, hatte er sich überlegt, ihn am nächsten Morgen abzupassen, wenn er sich auf den Schulweg machte. Auch Lara wohnte nicht weit entfernt. Er müsste sie eigentlich einholen können.

Eine Stunde vor Schulbeginn lag er auf der gegenüberliegenden Straßenseite des Hauses, in dem Chip bei seiner ziemlich strengen Tante wohnte, auf der Lauer. Endlich öffnete sich die Haustür, und Chip trat heraus. Hinter ihm stand seine Tante Hilda, die ihm einen Kuss auf die Borstenfrisur schmatzte.

Leon musste grinsen. Ob Brutus und Ralph von diesem Abschiedskuss wussten?

Chip zuckte zusammen, als Leon sich ihm in

den Weg stellte. Er wirkte fast, als hätte er Angst, Leon könnte ihn schlagen.

„Du hast wohl nicht alle Tassen im Schrank!“, fuhr Leon ihn an. Die aufgestaute Wut des vergangenen Tages platzte aus ihm heraus.

Chip war ein Häuflein Elend. „Ich ... ich hab ihm gesagt, ich mache nicht mehr mit. Aber Brutus hat mir gedroht, mich fertigzumachen, wenn ich ... wenn ich nicht bei ihm bleibe. Und du weißt, was das bedeutet.“

„Du bist ein elender Feigling“, schimpfte Leon, noch immer zornig.

Nach einer kurzen Pause sagte Chip leise: „Ja, das bin ich.“ Er griff nach dem Gürtel mit der Drachenklauen-Schnalle, den er trug.

„Den willst du wohl zurückhaben“, seufzte Chip. Er war am Boden zerstört.

„Äh ... nein, nein ... ich ... ich will, dass du ... ich meine ... sind wir noch immer Freunde?“ Leon war völlig verwirrt.

„Willst du wirklich so einen wie mich zum Freund?“, fragte Chip ungläubig.

Leon überlegte. Chip hatte sich ziemlich danebenbenommen und war nicht gerade mutig gewesen. Aber Drachenherz hatte ihn zu ihm geführt, und das war sicher nicht ohne Grund geschehen. Außerdem mochte Leon Chip. Und bei ihrem ersten Abenteuer war er ein großartiger Kumpel gewesen.

„Ja, ich will dich zum Freund. Vor allem, weil du Mumm genug hast, dazu zu stehen, dass du Mist gebaut hast", erklärte Leon. „Das ist echt gut. Ich meine, das tut doch sonst kaum jemand, oder?"

Mit einem erleichterten Grinsen streckte ihm Chip die Hand hin, und Leon schlug ein.

„Ich ... ich regle das mit Brutus ... auch wenn er mich dann duscht", versprach Chip.

Gemeinsam liefen sie zu Laras Adresse. Was in das Mädchen gefahren war, verstand keiner der beiden Jungen.

Sie trafen sie an der Bushaltestelle, wo sie ein Buch auf den Knien hatte und einen Brief schrieb. Sie war sehr verlegen, als die beiden vor ihr auftauchten. Bevor Leon noch etwas sagen konnte, begann sie schon zu sprechen.

„Ich ... also, ich weiß nicht, ob ich die Richtige bin. Leon, du ... und dieses Schwert ... du bist wirklich ... ein Held!" Bei diesem Wort wurde sie rot. „Ich ... ich kann dich nicht unterstützen. Du brauchst jemand Besseren, und vor allem kann ich doch meinen Mund nie halten. Ich würde bestimmt was verraten ... so aus Versehen ... verstehst du. Ich schreibe es dir gerade!“ Mit einem verlegenen Lachen hielt sie den Zettel hoch.

Leon konnte es kaum glauben. Und er hatte gedacht, alle hätten sich gegen ihn verschworen.

„Ich wollte gestern nach der Schule mit dir reden, aber du bist einfach weggerannt“, sagte Lara vorwurfsvoll.

„Ich war auch bei dir zu Hause, aber du warst nicht da“, warf Chip ein.

Nachdem er einmal tief durchgeatmet hatte, sagte Leon: „Regt euch ab. Ich brauche euch nämlich dringend. Ihr seid meine Gefährten. Ich will sonst niemanden.“

Lara verstand ihn zuerst nicht, aber Chip sagte zu ihr: „Er meint es ernst.“

Erleichtert, wenn auch noch voller Zweifel, erhob sich Lara, und gemeinsam gingen die drei Richtung Schule. Sie wählten einen Umweg, um ungestört reden zu können. Leon hatte ihnen viel zu erzählen.

Der Tork

Am Nachmittag trafen sich die drei bei der Ruine im Stadtwald. Leon schnitt mit dem Drachenschwert eine Öffnung in die Luft, die sofort aufklappte und ihnen den Zutritt auf den Marktplatz von Artingat freigab.

Der Platz war völlig verlassen. Leon sah sich um und zuckte erschrocken zusammen, als er sah, dass das hölzerne Standbild, das die Bewohner von ihm angefertigt hatten, zertrümmert worden war. Schmutzspuren zeigten, dass jemand mit den Füßen darauf herumgetrampelt hatte. Das sah nicht gut aus.

„Wir verschwinden besser", flüsterte Leon.

Er spürte Blicke im Rücken, die ihn verfolgten. Blicke voller Verachtung und Zorn.

Gestern noch haben sie mich gefeiert, und jetzt habe ich das Schlimmste verursacht, was es für sie gibt, dachte Leon verzweifelt.

Er musste das in Ordnung bringen. Unbedingt! Er wussste nur nicht wie.

Schweigend liefen die drei durch die leeren Gassen. Die Stille lastete wie ein Fluch über Artingat. Aus einigen Häusern drang verzweifeltes Weinen und Schluchzen.

„Alles meine Schuld“, seufzte Leon. „Ich war so stolz, endlich auch einmal jemand zu sein, und dabei habe ich nicht daran gedacht, dass die Wesen zurückkehren könnten.“

Plötzlich drängte sich Lara an ihre Freunde und deutete zu einem Haus, das auf einer kleinen Anhöhe stand. Der Wind trug lautes Stöhnen und verzweifelte Rufe zu ihnen herüber.

„Das sind die Kranken ... sie haben sie ... in dieses Haus gesperrt“, flüsterte Chip.

Ein Schatten glitt über die drei hinweg, und dann landete Jock vor ihnen, wobei eine große Staubwolke vom sandigen Boden aufstieg.

Jock hatte an diesem Tag riesige Hautflügel, die er jetzt etwas umständlich an den Körper klappte. Er schien noch nicht richtig gut damit umgehen zu können.

„Bin ich froh, dich zu sehen!“, begrüßte Leon ihn. Er hatte Jock ganz aus den Augen verloren, seit der Drache dem merkwürdigen Verfolger hinterhergejagt war. Leon lief zu seinem Freund und strich ihm über den Kopf, der von dachziegelgroßen, harten Schuppen bedeckt war.

„Wos tust du do? Wüllst du müch polüren?“, spottete der Drache.

„Nein … ich wollte nur nett sein!“

„Üch bün doch koin Schoschhün’chen!“, empörte sich Jock.

„Wieso redest du so komisch?“, wollte Leon von dem Drachen wissen.

Auf Jocks Stirn erschien eine dicke Falte.

„Wüscho resche üch komüsch?“ Als es ihm wieder einfiel, legte er den Kopf auf den Boden und öffnete das Maul. Sofort kam das Wesen mit den großen Füßen und Ohren herausgetrippelt, dessen Schatten Leon gestern gesehen hatte. Mit seinen winzigen Fäusten trommelte es auf Jocks Schnauze ein.

„Böser, böser Drache“, schimpfte es. „Schlimmer Drache, Tork böse auf dich.“

Ärgerlich verzog Jock das Gesicht. „Mein Drachenritter behandelt mich wie ein Schoßhündchen, der Tork verwechselt mich mit einem Baby. Irgendetwas muss ich ganz gehörig falsch machen. Verdammt, ich bin ein Drache. Groß, mächtig und wild!"

Das elfenbeinfarbene Wesen wollte schnellstens die Flucht ergreifen. Es benutzte seine großen Ohren wie Flügel und begann zu flattern. Weit kam es aber nicht, denn Jock legte seine mächtige Pranke auf die Riesenfüße des Torks und stoppte ihn auf diese Weise.

„Ich bin vielleicht ein Schoßhündchen, aber mit so einem wie dir werde ich immer noch fertig!", knurrte er.

Das Wesen zitterte.

Ob aus Wut oder Angst war nicht zu erkennen. Es blickte zu Boden und kniff die Augen zu.

„Der Tork hat uns verfolgt, weil er dich bewundert!", erklärte der Drache Leon.

Sofort schlug das Wesen die kleinen Händchen vor das Gesicht und kicherte albern.

„Außerdem hat der Tork beobachtet, dass Lord Drakill und sein Magier nicht tot sind, sondern aus der Grabsteinburg entkommen konnten", fuhr Jock fort.

Leon griff nach dem Schwert, als müsste er es sofort einsetzen. „Was? Er hat überlebt? Wo ist er jetzt?"

Der Tork machte große Augen und klappte seinen Mund auf und zu, ohne etwas zu sagen.

„Torks leben unter der Erde, deshalb sind sie auch so weiß. Dieser hier hat seine Höhle in einem Gang am Fuße des Burgbergs gehabt, der nie benutzt worden ist“, berichtete Jock.

Immer wieder nickte der kleine Tork heftig.

„Und wo ist Lord Drakill hin?“, wollte Leon wissen. Tausend Gedanken gingen ihm durch den Kopf.

Mit offenem Mund starrte der Tork ihn an und schüttelte dann heftig den großen Kopf. „Das darf Tork nicht sagen“, erklärte er. „Sonst muss Tork Rache von schwarzem Mann fürchten.“ Er zitterte.

„Hör mal zu, Kleiner“, keuchte Leon drohend und griff nach dem Tork. Er fühlte sich steinhart und kalt an.

Erschrocken kreischte der Tork so schrill, dass sich Lara und Chip schnell die Ohren zuhielten. Erst als Leon den Tork wieder losließ, hörte der mit seinem Geschrei auf.

Jock machte eine abfällige Handbewegung. „Ach, lass ihn. Die sind alle so. Feige und dämlich. Eine schlimme Mischung.“

Wieder trommelte der Tork mit seinen Mini-Fäustchen auf Jock ein. „Tork nicht feige. Tork nur schlau."

Leon kam eine Idee. Schmeichelnd sagte er: „Ich weiß, dass Torks sehr klug sind. Deshalb musst du uns auch nicht sagen, wo sich Lord Drakill befindet. Gib uns ganz einfach einen Hinweis, dann finden wir ihn schon."

Wieder begann der Tork hoch und gackernd zu kichern. „Das macht Tork, das macht er!" Er deutete mit seinem ausgestreckten Zeigefinger auf Jock und sagte: „Der da muss uns fliegen. Und Tork sitzt auf seinem Kopf."

„Ich denke nicht daran!", brauste Jock auf.

Leon warf ihm einen flehenden Blick zu. „Bitte, Jock, lass mich jetzt nicht im Stich."

Seufzend willigte der Drache ein.

Mit drei Passagieren auf dem Rücken und einem Tork auf dem Kopf hatte Jock Schwierigkeiten, zu starten. Er musste Anlauf nehmen und heftig mit den Flügeln schlagen, um abzuheben. Sein Keuchen und Schnaufen war geradezu beängstigend. Wie eine bleierne Ente sackte er immer wieder zu Boden, wo er sich gerade noch mit den Füßen abfangen konnte.

„Abgrund voraus!“, kreischte der Tork.

Leon erhob sich aus dem Sitz zwischen Jocks Kamelbuckeln, die der Drache für den Flug gebildet hatte, und reckte den Hals.

Tatsächlich! Quer über den Boden zog sich ein breiter Riss in der Erde. Entweder Jock kam endlich in die Luft, oder er unternahm eine Notbremsung. Andernfalls würden sie nämlich abstürzen.

Die Schlucht kam näher und näher …

Der Hinweis

Jock ächzte und stöhnte und stieß sich schließlich mit letzter Kraft vom Boden ab.

Ein kräftiger Windstoß fegte unter ihm hinweg und trug ihn nach oben. Mit jedem Flügelschlag stieg er höher, und die Welt unter ihnen wurde kleiner und kleiner.

Anerkennend und auch ein bisschen erleichtert klopfte Leon dem Drachen auf die Seite.

„Lass das", knurrte Jock. „Der Tork soll uns endlich sagen, was er uns zu sagen hat."

„Du fliegen, böser Drache, in diese Richtung", kommandierte der Kleine. Er packte Jocks Ohren wie einen Steuerknüppel und riss entweder am rechten oder am linken.

„Das wirst du büßen", knurrte Jock. „Ich meine dich, du edler Drachenritter."

Zum ersten Mal lernte Leon etwas mehr von der Unsichtbaren Welt kennen.

Bisher war er immer nur in die Rote Wüste, zum Berg der Grabsteinburg und nach Artingat gekommen.

Jetzt überflogen sie einen steinernen Wald, der aus lauter dünnen, hohen Felsen bestand, eine bläulich schimmernde Hügelkette, einen See, der aus der Luft schneeweiß aussah, das Dorf mit angrenzenden Feldern und ein Schloss mit gedrehten Türmchen. Immer wieder deutete der Tork aufgeregt nach unten und schrie: „Dort ...! Dort ...! Dort ...!“

„Versteckt sich da Lord Drakill?“, brüllte Leon durch das Tosen des Flugwindes.

„Nein, nein, tut er nicht!“, lautete jedes Mal die Antwort des Torks.

Schließlich erreichten sie wieder Artingat und landeten etwas außerhalb des Dorfes. Der Tork sprang vom Kopf des Drachen und kicherte vergnügt. „Tork schlau, sehr schlau. Hat nichts gesagt und doch alles verraten. Doch alles verraten. Tork so schlau!“

Bevor Jock noch nach ihm greifen konnte, war er blitzschnell verschwunden. Sein Gekicher verklang in der Ferne.

Missmutig stützte Jock den Kopf auf die Vorderpfote und knurrte: „Ich wusste es, Torks taugen zu gar nichts."

„Gibt es eine Landkarte von hier?", wollte Lara wissen, die eine Idee hatte.

„Was is'n das?", fragte Jock.

Lara beschrieb es ihm, aber Jock konnte sich darunter nichts vorstellen.

„Falls es so eine Landschwarte gibt, dann hat sie mit Sicherheit Emanuel." Mit einem tiefen Seufzer bedeutete er den dreien, noch einmal aufzusteigen. Dann startete er zu einem erneuten Flug, der an den Weißen See führte.

Jock landete am Ufer und zeigte auf einen Pfahlbau im Wasser, den sie aus der Luft nicht hatten sehen können.

„Dort wohnt Emanuel, fragt ihn!"

„Wer ist dieser Emanuel?", erkundigte sich Chip ein wenig ängstlich.

„Er beißt dich nicht!", erwiderte Jock grinsend. „Glaub ich wenigstens."

Leon und seine Freunde balancierten über den schmalen Steg zu dem Stelzenhaus und klopften an die Tür.

„Nur herein", ertönte von drinnen ein dünnes Stimmchen.

Lara warf den Jungen einen fragenden Blick zu. „Ist das wieder so ein Winzling?“

Leon zuckte mit den Schultern und öffnete die Tür. Zuerst dachte er, vor einer Mauer zu stehen, dann aber erkannte er einzelne grobe Fäden, die zu einem löchrigen Stoff verwebt worden waren. Er hob den Kopf und schluckte.

Vor ihnen stand ein Riese. Sein Kopf stieß fast gegen das Dach des Hauses, sodass er sich nur leicht gebückt bewegen konnte. Er trug eine Jacke und eine Hose aus grobem Stoff und hatte Hände, die so groß wie Schaufeln waren.

„Äh …“, machte Chip. „Ist er auch bestimmt nicht gefährlich?“

Emanuel hatte ihn gehört und schüttelte den Kopf. „Nicht gefährlich“, versicherte er Chip.

„Wetten, dass sogar Brutus vor dem weglaufen würde?“, flüsterte Chip den anderen zu.

Lara und Leon nickten geistesabwesend und betrachteten die langen Regalbretter, die die Wände vom Boden bis zur Decke bedeckten. In die unteren Regale waren Gläser, Tiegel, Felle, Lederstücke, holzgeschnitzte Figuren und getrocknete Pflanzen gestopft, die oberen waren mit Büchern gefüllt.

„Du bist Leon, der junge Drachenritter“, sagte Emanuel. „Ich habe schon von dir gehört.“

Verlegen fragte Leon: „Äh … Gutes oder Schlechtes?“

„Beides“, lautete die ehrliche Antwort. „Aber ich mache mir gerne mein eigenes Bild. Was führt dich zu mir?“

Leon erzählte kurz, was sich alles ereignet hatte, und bat um eine Landkarte. Emanuel, der bedeutend klüger zu sein schien, als er aussah, nahm eine Rolle von einem der obersten Regalbretter, pustete den grauen Staub weg und reichte sie ihm.

„Hier, ich habe sie selbst gezeichnet“, erklärte er. „Hoffentlich kommt ihr damit zurecht.“

Lara breitete die Rolle auf einem Tisch aus und erklärte den anderen ihre Idee.

Gespannt beugten sich die drei über die Karte. Sie versuchten, sich zu erinnern, welche Plätze ihnen der Tork während des Fluges gezeigt hatte. Auch wenn Lord Drakill dort nicht zu finden war, so hatten sie doch sicher etwas zu bedeuten. Aber was?

Lara holte einen Bleistift und ein Lineal, die sie zusammen mit ein paar anderen Schreibutensilien auf einem der Regale gesehen hatte, und verband die Punkte auf der Karte, die der Tork ihnen unterwegs so eifrig gezeigt hatte, mit geraden Strichen. Am Schluss war eine Art geometrische Figur zu erkennen. Nur, was stellte sie dar?

Das Schwarze Tal

Die Figur, die Lara auf die Karte gezeichnet hatte, sah aus wie ein Rechteck, hatte aber an einer Seite eine Art Spitze.

„Vielleicht ein Pfeil?“, rätselte Chip.

Emanuel, der den dreien über die Schulter blickte, schüttelte den Kopf. „Ich denke, es ist ein Obelisk. Ein Pfeiler aus Stein, der nach oben hin spitz zuläuft.“

„Lord Drakill ist also in der Nähe eines solchen Obelisken, aber wieso? Und wo gibt es solche Steine?“, überlegte Leon laut.

„Es könnte sein, dass es bei seinem Versteck sogar zwei solcher Obelisken gibt. Sie bilden das Dämonentor, das ein Magier mit der richtigen Beschwörung öffnen kann.“

„Dämonentor? Dann sind die schwarzen Wesen tatsächlich Dämonen, böse Geister!“, sagte Leon mit einem Schaudern.

Emanuel ließ sie sich von ihm beschreiben. Mit jedem Satz wurde sein Gesicht ernster. „Noxaten! Der Magier muss Noxaten gerufen haben. Sie können tatsächlich mit der richtigen Beschwörung in deine Welt geleitet werden. Es handelt sich aber um sehr eigenwillige Wesen, die nicht immer den Fluch ihres Beschwörers erfüllen, sondern manchmal tun, was sie wollen."

„Sie bringen Menschen die Schwarze Krankheit. Sicher sind sie für mich bestimmt. Stattdessen müssen Unschuldige sterben!", rief Leon. „Das will ich verhindern. Aber was soll ich tun?", fragte er den Riesen.

Emanuel sah ihn lange an. „Nur derjenige, der den Fluch verhängt hat, kann ihn wieder aufheben. Du musst erreichen, dass genau dies geschieht. Hat der Fluch keine Macht mehr, so werden die Erkrankten wieder gesund."

Leon schüttelte fassungslos den Kopf. „Wie soll ich das schaffen? Das funktioniert niemals. Lord Drakill will mich auf seine Seite ziehen. Er wird seinen Fluch nicht zurücknehmen."

„Den Fluch hat wahrscheinlich gar nicht er, sondern sein Magier verhängt", gab Emanuel zu bedenken.

„Aber der hat auch keinen Grund, ihn zurückzunehmen“, seufzte Leon mutlos. Die Situation erschien ihm hoffnungslos.

Lara dachte praktischer: „Wo befindet sich dieses Dämonentor eigentlich?“

„Im Schwarzen Tal, gar nicht weit von hier. Doch gibt es fünf Zugänge, und nur ein einziger führt zum Dämonentor. Wer das Tal durch die anderen betritt, ist verloren.“

Leon war klar, dass er auf jeden Fall zu diesem Dämonentor musste.

Die drei Freunde verabschiedeten sich und verließen die Pfahlhütte.

In der Tür hielt Emanuel Leon an der Schulter zurück. Erschrocken drehte der sich zu ihm um und sah den Riesen fragend an.

„Ich mache mir immer ein eigenes Bild von jedem“, sagte Emanuel fast ein bisschen feierlich. „Und ich weiß, dass in dir viel Gutes steckt, Leon. Du wirst ein guter Drachenritter. Weiche nie von deinem Weg ab. Du wirst es schaffen!“

„Danke!“, murmelte Leon verlegen.

„He, wo bleibst du denn, Leon?“, hörte er Lara ungeduldig rufen.

Leon rannte seinen Freunden nach.

Auf Jocks Rücken flogen sie in die Richtung, die ihnen Emanuel gezeigt hatte. Sie erreichten eine schroffe und zerklüftete Steinlandschaft, in der keine einzige Pflanze zu wachsen schien. Wie riesige Reißzähne ragten die kahlen Felsen hoch in den Himmel.

Nachdem Jock gelandet war, stiegen die drei Freunde von seinem Rücken und sahen sich vorsichtig um. Ein bisschen mulmig war ihnen schon zumute.

Wie Emanuel es ihnen beschrieben hatte, gab es mehrere Eingänge zum Schwarzen Tal. Leon zog die Kappe vom Füller und hielt Drachenherz mit beiden Händen vor sich.

„Bitte, zeig mir den Weg!“, bat er leise und sah gespannt auf das Drachenschwert.

Die Edelsteine auf der Waffe begannen zu funkeln und zu strahlen. Die Spitze bewegte sich von ganz allein. Langsam trat Leon vor das erste Tor. Danach ging er weiter zum zweiten und von dort zum dritten.

Der gewundene Drache am Griff schien Mühe zu haben, den richtigen Eingang zu finden. Er sah angestrengt und konzentriert aus.

Noch einmal schritt Leon alle Eingänge ab,

und diesmal war sich das Schwert sicher. Beim zweiten Eingang zwinkerte der Drachenkopf auf dem Griff Leon zu.

Hier musste es sein!

Die drei sahen sich an und machten sich dann entschlossen auf den Weg.

Die Felsenmonster

„Herr, wacht auf!"

Der blinde Magier hatte sich an den Felsen entlang zu Lord Drakill getastet, der gegen eine zerbrochene Steinsäule gelehnt saß und schlief. Sein Atem ging langsam und schwer.

„Herr, der Drachenritter kommt!", rief der Magier laut.

Diese Worte rissen den Lord aus seinem Dämmerschlaf. Seine Kräfte waren fast erschöpft, selbst seine alles vernichtenden Strahlen waren nur noch ganz schwach und völlig wirkungslos.

„Ist er krank? Haben die Noxaten seine Lebenskraft endlich geschwächt?", fragte Lord Drakill matt. „Dann kann ich ihn vielleicht besiegen. Doch fürchte ich, dass ich nicht einmal mehr das schaffen werde."

„Nein, er ist nicht krank", gestand der Magier mit ängstlicher Stimme.

„Dann ruf deine verdammten Dämonen. Sie sollen sich auf ihn stürzen!“, keuchte Lord Drakill. „Sonst wird er mich endgültig vernichten, und daran bist nur du schuld!“

Wütend krallte er sich mit der Hand im langen Gewand des Magiers fest, ließ aber gleich wieder los, weil ihm auch dazu schon die Kraft fehlte.

„Ich kann die Noxaten nicht rufen. Sie sind alle in der Sichtbaren Welt und haben sich dort verkrochen“, jammerte der blinde Mann. „Aber ... ich werde den Drachenritter trotzdem vernichten!“, fügte er schnell hinzu, als er die Wut im Gesicht des Lords aufblitzen sah.

„Wie willst du das tun?“, fragte ihn Lord Drakill grimmig.

„Ihr werdet es sehen!“ Hastig entfernte sich der Magier von Lord Drakill. Er wusste, dass er einen Fehler gemacht hatte. Die Noxaten waren nicht die richtigen Dämonen gewesen. Er hätte andere, noch viel gefährlichere und vor allem gehorsamere beschwören müssen.

Doch diesen Fehler wollte er jetzt wieder gutmachen. Mit Mühe erreichte er das Dämonentor, hob die Arme und spreizte die knochigen Finger.

Sein Herr sollte das Drachenschwert bekommen. Er würde dafür sorgen.

Wieder schossen Blitze aus den Fingerkuppen, trafen auf die Spitzen der Obelisken und bildeten dort einen grell leuchtenden Bogen zwischen den beiden Steinsäulen. Ein flammender Fächer loderte daraus empor, und das Feuer begann wie lange blaue Zungen über die zerklüfteten Wände der düsteren Schlucht zu lecken.

Mit fester Stimme sprach der Magier seine Beschwörungsformeln. Er wiederholte sie immer wieder, immer lauter und eindringlicher.

Rund um ihn erhob sich ein unheimliches Knirschen und Dröhnen.

Unter Leons Füßen bebte der Boden, als sie sich dem Dämonentor näherten. Chip und Lara begleiteten ihn, Jock dagegen hatte sich geweigert, das Schwarze Tal zu betreten, und wartete am Eingang auf sie.

Erschrocken blieben die drei stehen und sahen sich um. Mit einem gewaltigen Zischen rasten die blauen Feuerzungen links und rechts von ihnen über die Felswände. Das Tal war auf einmal in gespenstisches Licht getaucht.

Chip, Lara und Leon drängten sich Rücken an Rücken zusammen und verfolgten angespannt das Spektakel.

„Weg! Kommt, wir müssen hier raus“, flüsterte Lara eindringlich.

Doch es war zu spät. Die Flammen hatten ihnen bereits den Weg abgeschnitten.

„Legt eure Panzer an!“, befahl Leon.

Alle drei zogen die Drachenklauen der Gürtelschnalle auseinander, worauf sich die golden strahlenden Drachenpanzer sofort über ihre Oberkörper schoben.

Schützend stellte sich Leon vor seine Freunde, das Drachenschwert hielt er mit beiden Händen in die Höhe.

Chip stieß die anderen beiden aufgeregt mit dem Ellbogen an und deutete wortlos auf die hohen Felswände.

Aus den Felsen lösten sich Gestalten, die vom Boden der Schlucht bis hinauf zum Rand reichten, der sich viele Meter über ihnen befand.

Die Riesen erinnerten an Gliederpuppen. Jeder Teil des Körpers bestand aus einem mächtigen Felsbrocken. Ihre Köpfe waren gesichtslos, ihre Bewegungen schwankend.

Mit den steinernen Händen rissen sie weitere Felsbrocken aus den Wänden der Schlucht und schleuderten sie nach unten. Sie schienen dabei gar nicht zu zielen, sondern einfach wahllos draufloszuwerfen.

Steine und Splitter wirbelten durch die Luft, und nur ihre Drachenpanzer bewahrten die drei Freunde vor Verletzungen.

Mit den Armen versuchten sie, ihre Köpfe zu schützen, während sie immer tiefer in die Schlucht taumelten, um den Felsenriesen und ihren Geschossen zu entkommen.

Die hageren steinernen Monster wankten unsicher und setzten sich mit heftigem Knirschen in Bewegung, um Leon und seine beiden Freunde zu verfolgen.

Noch immer warfen sie mit Felsbrocken. Dabei trafen sie aber auch andere Felsenriesen, die daraufhin einknickten, zusammenbrachen und zu Boden stürzten, wo sie mit noch lauterem Donnern wieder in einzelne Brocken zerfielen. Doch nach wie vor lösten sich aus den Wänden der Schlucht neue steinerne Riesen.

Vor Leon, Chip und Lara verengte sich das Tal. Auf der Flucht vor den unheimlichen Geschöpfen zwängten sie sich einfach durch die Felsspalte, den Blick nach hinten auf die dämonischen Monster gerichtet.

Das erwies sich als großer Fehler, denn als Leon sich umdrehte, stand er plötzlich Lord Drakill gegenüber.

Der letzte Kampf

Lord Drakill hatte größte Mühe, sich auf den Beinen zu halten. Mit letzter Kraft zog er sein Feuerschwert aus der Scheide und hielt es schützend vor sich.

Aus dem einst so schrecklichen und mächtigen Ritter war eine jämmerliche Gestalt geworden. Teile seiner Rüstung hingen schief von seiner Schulter und seinen Beinen. Selbst sein Blick schien kraftlos geworden zu sein.

„Los, vernichte mich, du kannst es jetzt tun!“, forderte er Leon mit brüchiger Stimme auf.

Leon ließ sein Drachenschwert sinken, sodass die Spitze den Boden berührte.

„Nein, ich gehe nicht auf einen wehrlosen Kranken los, selbst wenn er versucht hat, mich zu töten“, sagte er, und er sprach aus voller Überzeugung. Hinter ihm schnappten Lara und Chip fassungslos nach Luft.

Lord Drakill lachte höhnisch.

„Wehrlos! Ich bin nicht wehrlos, doch du bist einfältig und dumm!"

„Leon, Vorsicht!", rief Lara warnend.

Jetzt erst bemerkte Leon die steinernen Riesen, die plötzlich auch hier krachend aus den Felswänden traten. Sand und Steine fielen auf die Freunde herab. Die Monster rissen weiter Felsbrocken aus den Wänden, die sie dann einfach, ohne zu zielen, nach unten fallen ließen.

Der Magier stand noch immer zwischen den Obelisken. Aber er hatte seine Arme heruntergenommen und den Funkenbogen unterbrochen. Die Beschwörung war nicht länger nötig. Waren die Felsendämonen einmal zum Leben erwacht, würden sie kämpfen, bis selbst der Letzte in Trümmer gefallen war.

„Du verlässt diese Schlucht nicht lebend", höhnte Lord Drakill weiter. „Du bist bereits so gut wie tot!"

Seine Stimme überschlug sich immer wieder, und er musste sich an der abgebrochenen Säule festhalten, um nicht zu Boden zu sinken.

Leon fühlte fast so etwas wie Mitleid in sich aufsteigen.

Chip schrie auf. Ein Felsbrocken war nur einen Schritt von ihm entfernt zu Boden gedonnert und zersprungen. Splitter hatten ihn am Arm getroffen und wie Nadeln gestochen.

Leon sah zu ihm hinüber. Als er erkannte, dass Chip nicht schwer verletzt war, wandte er sich dem blinden Magier zu. Wie konnte er ihn nur dazu bringen, den Fluch aufzuheben?

„Unschuldige Menschen sterben!“, brach es aus ihm heraus.

Lord Drakill hatte dafür nur ein abfälliges Lachen übrig. Klirrend fiel in diesem Augenblick ein Beinteil seiner schwarzen Rüstung zu Boden. Er wusste, dass sein Ende gekommen war, wenn er nicht sofort neue Lebenskraft bekam. Sein Entschluss stand fest, es musste sein.

Mit einem heiseren Keuchen drehte er sich um und wankte auf den blinden Magier zu. Er riss ihn zu Boden.

„Herr, nicht!“, flehte der Magier, der ahnte, was der Lord vorhatte.

Die ehemals alles zerstörenden roten Strahlen aus den Augen des Höllenritters waren nur noch ein schwaches Leuchten. Doch der Lord brauchte sie jetzt nicht. Auch ohne sie konnte er die Lebenskraft aus dem Körper eines anderen ziehen und sich damit stärken. Der blinde Magier war jetzt überflüssig. Er hatte ihm lange genug gedient und würde ihm nun noch ein letztes Mal von Nutzen sein.

Mit zitternder Hand streifte er dem Magier die Kapuze vom Kopf. Er starrte auf die blinden Augen und begann gierig zu keuchen.

Langsam stieg eine Mischung aus weißem Rauch und starkem Licht aus dem Kopf des Magiers. Wie ein Magnet zog Lord Drakill den dicken Strahl an. Ein Zischen ertönte, als er seine Stirn berührte und in seinen Kopf eintauchte.

„Nein!", schrie Leon. „Nein, nicht!" Er sprang vor und riss Lord Drakill an den Schultern zurück. Mit einem heiseren Röcheln kippte der Höllenritter um und lag hilflos auf dem Rücken.

„Zu spät … zu spät … das reicht mir schon!", kam es bereits wieder kraftvoller aus dem Mund des Lords.

Er richtete sich auf und suchte nach seinem Feuerschwert, das ihm entglitten war.

Chip erkannte, was Lord Drakill vorhatte, stürzte nach vorn, packte den schwarzen Griff des Feuerschwertes und zog es aus der Reichweite des Höllenritters.

Die Felsenmonster setzten ihr vernichtendes Werk indes ununterbrochen fort und warfen Stein um Stein.

Der Magier atmete schwer.

Leon zögerte zuerst, wagte sich dann aber doch zu ihm. Er nahm allen Mut zusammen und öffnete den Mund.

Als er das graue, verbitterte und bösartige Gesicht des Magiers sah, brachte er jedoch keinen Ton heraus.

„Du … wolltest mich retten … obwohl ich … deinen Tod beschworen habe!" Jedes Wort kostete den Magier größte Mühe. „Mein Herr hingegen wollte mich vernichten, um seine eigene Existenz zu retten."

Leon kniete sich neben den Magier und stützte dessen Oberkörper.

„Die Macht des Guten ist stärker als die Macht der Finsternis", brachte der alte Mann langsam über die Lippen. „Du musst dem Licht zum Sieg verhelfen. Ich löse meinen Fluch. Doch du musst dafür sorgen, dass die Noxaten in das Sonnenlicht geraten, damit sie dort verbrennen.

Bringen sie auch nicht mehr die Schwarze Krankheit, so werden sie dich trotzdem weiter jagen und versuchen, Lebenskraft zu rauben, wenn sie sie benötigen. Nur die Strahlen der Sonne können sie besiegen."

Donnernd krachte ein Fels hinter Chip zu Boden. Die Wucht schleuderte ihn nach vorn. Das Feuerschwert entglitt ihm und rutschte direkt auf Lord Drakill zu. Der bückte sich und riss es in die Höhe.

Mit einem gewaltigen Schrei ging er auf Chip los und hielt ihm die Klinge drohend an die Kehle. Damit wollte er Leon zu einem Angriff provozieren, denn nur wenn der Drachenritter ihn zuerst attackierte, gehörte das Drachenschwert im Falle eines Sieges ihm. Als Leon sah, dass Chips Leben bedroht war, wusste er, dass er einem Kampf nicht länger ausweichen konnte. Er umklammerte Drachenherz fester und stürzte sich auf den Höllenritter. Der stieß Chip zur Seite und wehrte Leons Attacke mühelos ab. Ein wilder Kampf entbrannte. Der Lord ließ sein Feuerschwert in rasendem Tempo durch die Luft sausen.

Leon schaffte es, die Schläge abzuwehren,

konnte den Lord aber nicht zurückdrängen. Das Gesicht des Drachen am Griff des Schwertes war grimmig und wirkte fest entschlossen.

„Du schaffst es!“, hörte Leon ihn raunen. „Du schaffst es!“

Aber Leon schaffte es nicht.

Die Entscheidung

Lord Drakill trieb ihn in eine Nische, die von den herabstürzenden Felsbrocken gebildet worden war. Natürlich war es eine Sackgasse, aus der es kein Entkommen gab.

Der Platz zwischen den Felsen wurde immer enger. Leon fürchtete, das Schwert nicht mehr schwingen zu können, doch das Drachenschwert half ihm. Bei jedem Hieb passte es seine Länge an und streifte so niemals den Stein.

„Halte durch!“, raunte ihm der Drache am Griff zu. „Halte durch!“

Der Magier hob die Hand und schleuderte mit letzter Kraft einen Feuerball auf Leon. Der konnte in letzter Sekunde ausweichen und der Obelisk, der ohnehin schon schiefstand, neigte sich durch den Aufprall noch ein Stück weiter zur Seite. Der Stein vibrierte gefährlich.

Leons Muskeln brannten. Er hatte Mühe,

Drachenherz hochzuheben. Das Schwert spürte es und machte sich so leicht wie möglich. Es schien fast zu schweben. Leon musste ihm nur noch den richtigen Schwung in die richtige Richtung versetzen.

Trotzdem hatte Leon das Gefühl, es nicht mehr zu schaffen und den Kampf zu verlieren. Lord Drakill ging nur noch wilder und entschlossener auf ihn los. Immer schneller kamen seine Schläge, das Feuerschwert malte rote Bahnen in die Luft. Krachend verlor der Höllenritter einen Beinschoner seiner Rüstung, doch das hielt ihn nicht auf.

Leon merkte, dass er so keine Aussicht auf Erfolg hatte, und änderte seine Taktik. Er wollte etwas wagen. Absichtlich taumelte er zurück und tat, als würde ihn die Kraft verlassen.

Und sein Plan ging auf. Lord Drakill sah seine große Chance gekommen, den Drachenritter endgültig zu besiegen. Er hieb blindwütig auf Leon ein. Dieser bückte sich, das Feuerschwert schlug gegen den Obelisken und zersprang in tausend Stücke. Die Luft war erfüllt vom Geruch des glühenden Gesteins.

Abermals klirrte es, als das zweite Beinteil der

Rüstung abfiel. Lord Drakill bemerkte es und zögerte einen Augenblick. Als er entdeckte, was mit ihm geschah, war es zu spät.

Er hatte die geringe Kraft, die er dem Magier geraubt hatte, durch den Kampf bereits verbraucht, und sein Körper schrumpfte, als würde jemand die Luft rauslassen.

Mit Getöse landete als Nächstes der Brustpanzer zwischen den Felsbrocken.

Lord Drakill wankte zurück, versuchte beim Magier Hilfe zu finden, doch auf dem Boden lag nur noch ein leeres Gewand.

Ein scharfes, zischendes Geräusch ertönte. Der Boden vor Lord Drakill zerriss, als wäre er aus Stoff. Aus der Tiefe kam ein grelles Glühen und lautes Grollen. Eine baumdicke Flamme schoss in die Höhe und schlang sich wie ein Krakenarm um den Höllenritter, der sich nur schwach wehrte, als er nach unten gezerrt wurde. Die Erde bebte, als sich der Riss schloss.

Leon stand wie erstarrt da und konnte sich nicht rühren. Chip und Lara eilten so schnell sie konnten herbei und wollten wissen, ob er verletzt war.

„Nur ein paar Schrammen“, keuchte er.

Doch zur Freude blieb den dreien keine Zeit, denn die steinernen Monster schleuderten noch immer unablässig ihre Felsbrocken auf sie. Unverletzt würden sie niemals an ihnen vorbei aus dem Tal kommen.

Diesmal war es Chip, der den rettenden Einfall hatte, wie die Felsendämonen gestoppt werden könnten.

Er nahm Anlauf und warf sich mit aller Kraft gegen den schiefen Obelisken, der nun endgültig aus dem Gleichgewicht kam und krachend umfiel. Der Knall, der durch die Schlucht hallte, wirkte auf die Felsengiganten wie ein Pausenpfiff beim Fußball. Mitten in der Bewegung hielten die Riesen inne, blieben ein paar Sekunden wie erstarrt stehen und wankten dann wieder auf die Wände der Schlucht zu. Sie traten in die Nischen und Höhlen, die sie hinterlassen hatten, passten sich ein und verschwanden, als hätte es sie nie gegeben.

Chip grinste verlegen. „Haltet ihr mich für sehr feige, wenn ich jetzt auf der Stelle hier weg will?“, fragte er verlegen.

„Nein!“, lautete die einstimmige Antwort von Lara und Leon.

Die drei rannten so schnell sie konnten los und kletterten über die herumliegenden Trümmer zurück zu Jock.

Zwei Tage später wagte sich Leon wieder nach Artingat. Dort hatten sich, genau wie in seiner Welt, alle Erkrankten erholt. Jock hatte in seinem Stolz über den Mut seines Drachenritters dafür gesorgt, dass jeder von Leons endgültigem Sieg über Lord Drakill erfuhr.

Auf dem Dorfplatz traf Leon auf Gilbert und dessen Sohn Latius. Gilbert entschuldigte sich bei Leon für sein unbeherrschtes Verhalten, aber Leon winkte ab.

„Lass nur, du hast schon recht gehabt. Ich habe noch nicht das Zeug zum Dorfobersten, ich muss wohl noch eine Menge lernen. Aber ... aber vielleicht macht das gar nichts."

Gilbert versetzte ihm einen anerkennenden Schlag auf die Schulter, der Leon drei Schritte nach vorn stolpern ließ.

Zurück in der Sichtbaren Welt traf Leon später Chip und Lara bei der Ruine im Stadtwald. Chip hatte es in der Zwischenzeit tatsächlich geschafft, sich von Brutus zu lösen. Der hatte ihm zwar ewige Rache geschworen, aber Chip hatte seine Angst überwunden.

Seit ihrem zweiten Abenteuer verbrachten die drei Freunde nicht nur ihre Freizeit, sondern auch die Pausen in der Schule gemeinsam, und Lara wurde bereits von ihren Freundinnen gehänselt, weil sie gleich zwei Verehrer hatte.

Lara ertrug es schweigend – mit einem breiten, stolzen Lächeln im Gesicht.

„Aber die Noxaten sind immer noch hier!“, fiel Chip ein. „Was wirst du tun, Leon?“

Der junge Drachenritter grinste. „Schule kann auch durchaus nützlich sein“, erklärte er. „Gegen die Noxaten müssen wir nicht kämpfen. Wir müssen sie nur heute um 16 Uhr 21 ins Freie locken. Sie werden aus ihren Verstecken kommen, weil sie dann die Sonne nicht fürchten und ich ohne Drachenschwert herumlaufe.“

Lara würde allerdings in seiner Nähe bleiben und ihm das Schwert zuwerfen, falls sein ausgeklügelter Plan nicht funktionieren sollte.

„Aber wie wirst du sie besiegen?“, fragte Chip ihn erneut.

Leon grinste geheimnisvoll. „Nach zwei Minuten werden sie Vergangenheit sein“, versprach er. Und was er sagte, würde auch eintreten.

Leon Drachenherz war nämlich viel schlauer, als er selbst oft dachte …

Eine Falle für die Noxaten

Am Tag der totalen Sonnenfinsternis kamen die Noxaten wie von Leon prophezeit aus ihren Verstecken.

In den Straßen und auf allen Plätzen der Stadt drängten sich die Menschen. Gespannt starrten sie mit speziellen Brillen, die ihre Augen vor der Sonne schützten, zum Himmel und sahen zu, wie sich der Mond langsam zwischen Erde und Sonne schob. Er verdeckte bereits den größten Teil der leuchtenden Scheibe, von der nur noch eine schmale Sichel zu sehen war.

Eine eigenartige, fast unheimliche Dämmerung senkte sich mitten am Tag über die Stadt. Das Licht schien von Sekunde zu Sekunde bräunlicher zu werden, und obwohl Hochsommer war, wurde es ungewöhnlich kühl.

Die einbrechende Dunkelheit weckte die Noxaten, die sich zum Schutz vor den Strahlen der

Sonne in Höhlen verkrochen hatten. Wie Fledermäuse hingen sie von den Decken. Als sie nun die Flügel ausbreiteten, kamen ihre großen Köpfe zum Vorschein, und sie stießen feuchte Atemwolken aus.

Da die Noxaten nur in der Dunkelheit auf die Jagd gehen konnten, waren sie froh, dass der Tag vorbei zu sein schien. Hungrig kamen sie aus ihren Verstecken.

Von der Sonne war jetzt nur noch ein winziger, leuchtender Fleck und ein dünner, heller Kreis zu sehen. Die Form erinnerte an einen Diamantring.

Zwischen den Schaulustigen in den Straßen standen auch Leon, Lara und Chip, die kaum einen Blick zur verdunkelten Sonne warfen, sondern aufmerksam nach dem Erscheinen der Noxaten Ausschau hielten.

Ihre Aufregung war groß. Alle drei bebten vor nervöser Anspannung.

„Bist du sicher, dass wir hier nicht vielleicht direkt neben einem Noxaten-Versteck stehen?“, fragte Chip ängstlich.

Leon kaute an seiner Unterlippe. „Sicher ist nichts“, brummte er. „Aber ich wette, sie haben sich eher am Stadtrand verkrochen. Dort gibt es bessere Schlafplätze für sie. Jetzt muss ich sie nur noch auf mich aufmerksam machen und sie anlocken, damit sie kommen."

„Der Magier hat den Fluch aufgehoben, sie können die Pest nicht mehr übertragen", erinnerte ihn Lara.

Leon verzog das Gesicht. „Aber es reicht schon, wenn sie dir die Lebenskraft rauben. Als sie mich an dem Abend überfallen haben, war das ein ganz eigenartiges Gefühl. Es war, als lebte ich nicht mehr wirklich. Alle Gefühle waren weg. Es war der totale Horror."

„Und du bist sicher, dass sie noch immer nach dir suchen?", fragte Chip und trat aufgeregt von einem Bein auf das andere.

„Das war ihr Auftrag, und sie werden nicht eher aufgeben, bis sie ihn erfüllt haben! Darauf kannst du dich verlassen."

Ein begeistertes Raunen ging durch die Menschenmenge. Es war 16 Uhr 21. Der Mond stand nun genau zwischen Sonne und Erde. Zwei volle Minuten lang würde es jetzt dunkel bleiben. Erst dann trat die Sonne wieder hinter dem Mond hervor.

Lara, Chip und Leon suchten ungeduldig den Himmel ab. Noch immer sahen sie nichts Ungewöhnliches. Wo blieben die Noxaten nur?

„Sie kommen nicht", meinte Chip düster. „Dein Plan klappt nicht, Leon."

„Ja, es sieht fast so aus", musste Leon zugeben. „Aber vielleicht kann uns Drachenherz zeigen, was wir tun sollen. Lara, gib mir bitte den Füller und verschafft mir Deckung, los!"

Lara reicht ihm schnell Drachenherz, und sie und Chip stellten sich vor Leon. Erst als er sicher war, dass ihn niemand beobachten konnte, zog Leon mit einem Ruck die Kappe ab, und aus dem alten grünen Füller schoss das golden glänzende Drachenschwert.

Lara und Chip starrten es wie gebannt an, doch nichts geschah.

„Es klappt nicht. Drachenherz hilft uns auch nicht weiter", seufzte Chip leise.

„Es muss! Es muss!", sagte Leon mit zusammengebissenen Zähnen. „Wenn die Noxaten jetzt nicht kommen, können wir sie niemals vernichten. Dann werden sie Nacht für Nacht Menschen überfallen."

Da begann das Drachenschwert in Leons

Händen zu rucken. Es schien ihn auf etwas aufmerksam zu machen. Darauf hatte er nur gewartet. Aber wieso zeigte es auf den Boden? Übersah er vielleicht etwas?

Der Gefangene in der Kristallhöhle

Einer der höchsten Berge der Unsichtbaren Welt war der Monte Cristallus. Millionen spitzer Kristalle ragten wie die Stacheln eines riesigen Igels gen Himmel. Pflanzen oder Tiere gab es auf dem Monte Cristallus nicht, denn der Berg bestand nur aus Stein und Eis.

Von der einzigen Höhle, die sich in der Nähe des Gipfels befand, wusste kaum jemand. Der Eingang lag versteckt in einem Wald aus Kristallnadeln und konnte nur aus der Luft erreicht werden. Schon so mancher hatte versucht, den Monte Cristallus zu besteigen, doch alle waren gescheitert, denn die scharfen Kanten der Kristalle zerschnitten selbst die dickste Schuhsohle, und oft waren herabstürzende Kristallspitzen tödlicher als Dolche.

Nur wenige ahnten, dass die Höhle bewohnt war. Ein junger Mann mit schulterlangem blondem Haar und offenen, fein gemeißelten Gesichtszügen lebte schon viele Jahre hier. Seit er ein kleines Kind war, hatte er sich auf dem Berg vor Lord Drakill versteckt gehalten.

Der junge Mann hieß Larus und wünschte sich nichts mehr, als die Höhle zu verlassen und der Einsamkeit zu entkommen.

Regen lieferte ihm Wasser. Er musste das Nass nur in Schalen auffangen. Nahrung bekam er von seinem einzigen Freund, einem Paradiesvogel mit seidigem Gefieder, der auf den Namen Samello hörte. Samello war auch die einzige Verbindung, die Larus zu den Bewohnern der Unsichtbaren Welt hatte, und berichtete Larus regelmäßig, was sich alles ereignet hatte.

Larus wusste, dass es einen neuen Drachenritter gab, doch die wichtigste Neuigkeit brachte ihm Samello an diesem Tag.

Schon als der Paradiesvogel vor dem Höhleneingang landete, spürte Larus seine Aufregung.

„Was ist geschehen?“, wollte er sofort wissen.

„Lord Drakill wurde von Leon, dem Drachenritter, endgültig besiegt und ist zur Hölle gefahren“, sprudelte der Paradiesvogel die gute Neuigkeit heraus. „Er wird nie wiederkehren.“

Ein Strahlen glitt über Larus' Gesicht. Er sprang in die Höhe, boxte wild in die Luft und stieß einen Jubelschrei nach dem anderen aus.

„Lord Drakill ist tot! Das bedeutet, ich bin endlich frei!"

Samello schüttelte sich und plusterte sein glänzendes Gefieder auf.

„Bitte, bring mich von hier weg!", flehte Larus den Vogel an.

Als er noch ein kleines Kind gewesen war, hatte Samello ihn zu seinem eigenen Schutz zur Höhle auf dem Monte Cristallus gebracht und dort versteckt. Er wusste, dass Larus nur hier vor Lord Drakill sicher war, da die Kristallfelsen selbst für den Höllenritter und seine Helfer ein unüberwindbares Hindernis darstellten.

„Los, sonst mache ich mich einfach selbst auf den Weg!", drohte Larus ungeduldig.

„Ihr würdet nicht weit kommen!", erwiderte Samello leise. „Kein Sterblicher überlebt den Abstieg vom Monte Cristallus."

„Deshalb musst du mich von hier fortbringen!", forderte Larus.

„Ihr würdet keinen Tag überleben, wenn Ihr Eure Höhle verlasst!" Der Paradiesvogel seufzte tief und deutete mit einer Schwinge ins Tal.

Larus beugte sich vor und sah sofort, was Samello meinte: ein blaues Wesen, das am Fuße des Berges auf und ab lief. Es sah aus wie ein Wolf und hatte ein zottiges Fell, das von einem eigenartigen Funkeln und von zuckenden Blitzen umgeben war.

„Du weißt, was Drakills Niederlage für mich bedeutet!“, sagte Larus mit belegter Stimme.

Samello nickte.

„Ich muss unbedingt zur Burg meiner Eltern!“

Erst jetzt bemerkte Larus, dass Samello etwas zwischen den Krallen hielt.

„Was hast du da?“

Der Paradiesvogel warf seinem Herrn einen grauen Klumpen zu, der wie ein Stück Knetmasse aussah.

„Vielleicht die Lösung Eures Problems, mein Prinz!“

Angriff der Noxaten

Noch immer lag die Dunkelheit der Sonnenfinsternis über der Stadt. Andächtig blickten die Menschen zu dem hellen, flackernden Ring, der sich um die schwarze Mondscheibe gebildet hatte. Alle waren fasziniert und tief beeindruckt von dem Naturschauspiel.

Nur Leon, Lara und Chip achteten nicht auf das Spektakel, sondern suchten mit den Augen fieberhaft den Himmel über den Häusern ab.

Leon fragte sich gleichzeitig, was ihm Drachenherz sagen wollte. Wozu deutete es immer wieder und mit großer Hartnäckigkeit auf den Boden? Doch er hatte keine Zeit, darüber nachzudenken, denn er musste das Schwert unbedingt verschwinden lassen, um die Noxaten nicht zu verscheuchen. Leon drückte auf die Spitze der Klinge, und Drachenherz schob sich sofort zusammen und verwandelte sich in den unauffälligen Füller zurück. Er gab ihn Lara, die sich etwas von Leon entfernte.

Chip hatte den Startknopf seiner Stoppuhr gedrückt. Regelmäßig überprüfte er die Zeit. Er wusste, dass die Sonnenfinsternis nur zwei Minuten und zwölf Sekunden dauern würde.

„Es sind schon eine Minute und fünfunddreißig Sekunden um“, meldete er warnend.

„Na und? Was soll ich tun? Ich kann die Noxaten nicht herbeihexen!“, brummte Leon.

Wieso kamen sie nicht? Wo waren die Dämonen? Ließen sich die Noxaten vielleicht nicht von der Sonnenfinsternis täuschen und blieben in ihren Verstecken?

„Zwei Minuten!“, flüsterte Chip aufgeregt.

Ein heftiger Windstoß fegte über den Platz. Dunkle Wolken trieben am Himmel.

Und dann kamen sie. Bevor er sie noch sah, hörte Leon das regelmäßige und kräftige Flapp-flapp-flapp ihrer mächtigen Schwingen.

Mit gierigen Blicken suchten sie den Platz nach ihrem Opfer ab – dem neuen Drachenritter.

Fast gleichzeitig erspähten sie Leon.

Die orangefarbenen Augen der Dämonen glühten auf. Sie falteten die Flügel zusammen und pressten sie an den Körper. Dann stürzten sie sich vom Himmel.

Das Raunen der Menschen zeigte, dass sich die totale Sonnenfinsternis ihrem Ende näherte. Die Sonne kam wieder zum Vorschein, schlagartig wurde es heller.

Verwirrt bremsten die Noxaten ihren Sturzflug ab. Sie verstanden nicht, wieso die Dämmerung nur so kurz gedauert hatte. Sofort vergaßen sie ihr Opfer und suchten verzweifelt nach einem Platz, an dem sie sich vor den sengenden Sonnenstrahlen verstecken konnten.

Doch sie fanden nichts. Immer mehr von der Sonne war zu sehen. Die meisten Noxaten machten kehrt, um zu den Höhlen und Türmen zurückzufliegen, in denen sie sich während der letzten Tage verborgen hatten. Einige aber entdeckten auf dem Platz ein Versteck, das zwar nicht sehr vertrauenswürdig aussah, aber besser war als gar nichts. Leon folgte ihrem Flug, und ihm ging ein Licht auf.

„Ich hab's!“, keuchte er. „Der Kanal ... Drachenherz hat auf den offenen Kanaldeckel gezeigt. In dem Schacht könnten sich die Noxaten verkriechen!“ Leon rannte los, doch der

Weg zu der Stelle, wo ein offener Kanaleinstieg mit einer Baustellenabsperrung gesichert war, wurde durch viele Menschen versperrt. Verzweifelt setzte er seine Ellbogen ein, um schneller voranzukommen.

Wie schwarze Geschosse fielen die Noxaten, die das neue Versteck entdeckt hatten, vom Himmel und hinterließen dabei dicke graue Rauchfahnen.

Stück für Stück schob sich die Sonne weiter hinter dem Mond hervor. Die Dämmerung wich einem Sonnenaufgang mitten am Tag.

Zwei Noxaten fingen Feuer und verglühten innerhalb von Sekunden. Andere, größere, schafften es, den Sturzflug zur Erde fortzusetzen.

Leon ließ sich auf alle viere nieder und kroch zwischen den Beinen der Leute hindurch.

Lara und Chip standen wie angewurzelt da und verfolgten das Schauspiel, das sich hinter den schaulustigen Menschen abspielte. Ein Noxate nach dem anderen verglühte in einem kurzen weißen Blitz im Sonnenlicht.

Aber noch immer hatte es nicht alle erwischt. Wer es bis in den offenen Schacht zum Kanal schaffte, war gerettet und konnte weiterleben.

Ein Noxate war nur noch wenige Meter über den Köpfen der Menge.

Endlich erreichte Leon die Absperrung, die man um den Kanal errichtet hatte. Er sah den Schatten, den der Noxate warf und der immer größer wurde. Er qualmte heftig und verströmte einen ekligen Geruch.

„Halt, du Lümmel!“ Jemand packte Leon am Arm und versuchte, ihn wegzuziehen. Leon riss sich los und kroch hastig weiter.

Er musste den Deckel des Kanals schließen! Mit aller Kraft versuchte Leon, ihn auf das offene Loch zu schieben. „Lara, Chip, helft mir!“, brüllte er und strengte sich noch mehr an. Seine Arme schmerzten bereits, doch der Deckel hatte sich noch keinen Millimeter vom Fleck gerührt.

Der Ruf

Der qualmende Noxate schlug schwer neben dem offenen Kanal auf und versuchte kriechend die rettende Öffnung zu erreichen.

Die gespenstische Kälte der Sonnenfinsternis wich dem Sonnenlicht, das immer heller und wärmer wurde.

„Da brennt's! Was ist das? Ein Autoreifen? Stinkt nach verbranntem Gummi!“, hörte Leon die Leute rufen.

„Da waren noch andere brennende Sachen am Himmel!“, berichtete jemand, aber keiner wollte es so recht glauben.

Endlich waren Lara und Chip an seiner Seite.

„Auf drei!“, kommandierte Leon und fing an zu zählen, „eins, zwei, drei.“

Endlich bewegte sich der Kanaldeckel und fiel mit einem Knall zu. Geschafft! Der Noxate rollte darauf, und Leon sah im Rauch seine wütende Fratze. Eine weiße Stichflamme schoss nach oben. Der nächste Windstoß vertrieb den Rauch, und alles, was von dem Noxaten übrig blieb, war ein dunkler Rußfleck.

Die drei blickten sich an.

„Wir … wir haben es geschafft! Sie sind verbrannt!“, rief Chip glücklich.

„Ob jemand etwas bemerkt hat?“, wollte Leon wissen.

„Man hätte den ganzen Spuk auch für ein schiefgegangenes Feuerwerk halten können“, beruhigte ihn Lara.

Die Sonnenfinsternis wurde in der Stadt wie ein Volksfest gefeiert. Überall gab es Buden, in denen alles Mögliche zu essen und zu trinken angeboten wurde. Da die drei Freunde aber pleite waren, mussten sie mit knurrendem Magen zwischen den Ständen hindurchschlendern.

„Morgen treffen wir uns bereits um sechs Uhr für die Klassenfahrt nach Grüntal“, erinnerte Chip. „Ich krieg jetzt schon das große Gähnen, wenn ich nur daran denke.“

„Weil du so früh aufstehen musst oder weil die Klassenfahrt so langweilig werden könnte?“, wollte Lara wissen.

Chip verzog das Gesicht. „Aus beiden Gründen“, grinste er.

„Spannend wird die Woche in Grüntal sicher nicht“, seufzte Leon. „Und Brutus ist auch dabei.“ Hungrig beobachtete er, wie ein Mann pralle, heiße Würstchen aus einem Kessel zog. Ihm lief das Wasser im Mund zusammen.

Rasch zog er seine Freunde weiter, und sie setzten sich auf eine Bank, nicht weit von einem Brunnen entfernt. Kühles Nass spritzte aus dem Maul eines steinernen Löwen.

Da hörte er sie zum ersten Mal, eine leise Stimme, die aus weiter Ferne zu kommen schien. Und obwohl sie sich im Freien befanden, klang sie, als ob sie durch einen großen leeren Raum hallen würde.

„Leeeeeoooon!“, rief die Stimme. „Leeeeeooooon Drachenherz!“

Suchend blickte er sich nach allen Seiten um. Spielte ihm da jemand einen Streich? Sollte das ein Scherz sein? Doch außer Lara und Chip kannte keiner sein Geheimnis.

Fragend sahen Lara und Chip ihren Freund an. „Alles in Ordnung?“, wollten sie wissen.

„Habt ihr … habt ihr mich gerade gerufen?“

Verständnislos schüttelten Lara und Chip die Köpfe. „Wie kommst du darauf?“

„Habt ihr das nicht gehört?“

„Was gehört?“

„Jemand hat ‚Leon Drachenherz‘ gerufen. Eine komische Stimme, so hallend, wie ... wie aus einer anderen Welt!“

Lara stieß ihn in die Seite. „Nicht so laut!“, flüsterte sie warnend. „Bist du sicher, dass du dir die Stimme nicht nur eingebildet hast?“

Entschieden schüttelte Leon den Kopf.

Chip schluckte. „Meinst du, es war ein Ruf aus der Unsichtbaren Welt?“

Diesmal zuckte Leon nur mit den Schultern. Er wusste es nicht, aber möglich war es natürlich schon.

„Wir sollten das überprüfen!“, schlug Lara vor. „Was meint ihr?“

Leon war einverstanden. Chip nicht. Er hatte seinen Drachenherz-Gürtel, der sich mit einem Handgriff in einen Brustpanzer verwandeln ließ, zu Hause vergessen. „Wenn Gefahr droht, dann bin ich ... schutzlos!“, stammelte er verlegen.

„Es wird schon nichts sein“, beschwichtigte ihn Leon. „Kommt!“

Sie standen auf und gingen weiter. Als sie eine verlassene Hofeinfahrt erreichten, zog Leon die Kappe des grünen Füllers ab und ließ das Drachenschwert ausfahren.

Mit einer schnellen Bewegung machte er drei Schnitte in die Luft, die die Form einer Tür ergaben. Und wieder geschah das Unglaubliche: Die Tür öffnete sich, als wäre die Einfahrt nur eine Fototapete. Dahinter lag eine saftig grüne Landschaft mit mannshohen Farnen, Schachtelhalmen und Palmen. Von oben fiel das Sonnenlicht in dicken Strahlen durch die Blätter, und auf dem Boden tanzten Lichtflecke.

Leon machte den anderen ein Zeichen, ihm zu folgen. Nacheinander traten sie durch die Öffnung, die sich hinter ihnen sofort wieder schloss. Sie befanden sich nun mitten in einem dschungelähnlichen Wald.

Chip staunte: „So wie hier müssen die Wälder bei uns vor Urzeiten ausgesehen haben."

Leon hielt das Schwert schützend vor sich. Irgendwie hatte er das Gefühl, jeden Augenblick mit einem Angriff rechnen zu müssen.

„Warum hat uns Drachenherz hierhergeführt?", fragte Lara leise.

Leon zuckte mit den Schultern. Er wusste es nicht, aber es gab sicher einen triftigen Grund.

Chip hielt sich dicht neben seinen Freunden.

Lara tastete nach dem Verschluss ihres Gürtels. Mit einer schnellen Bewegung zog sie die Drachenklauen auseinander. Leon tat dasselbe mit seiner Gürtelschnalle.

Mit leisem Rasseln schoben sich Metallringe über ihre Körper und bildeten einen schützenden, goldglänzenden Panzer.

Chip kam sich neben den beiden nackt und schutzlos vor. Er gab sich Mühe, sein Zittern zu unterdrücken.

Das Drachenschwert in Leons Hand begann sich von allein zu bewegen. Es schien ihn behutsam auf etwas aufmerksam machen zu wollen.

Der Blaue Wolf

Fragend sahen Lara und Chip zu Leon.

„Was soll das? Was hat das Schwert?“, wollten sie leise wissen.

Leon zuckte mit den Schultern. Er wusste es nicht. Das Schwert zeigte auf ein Gebüsch, aber das Blattwerk war so dicht, dass er nicht erkennen konnte, ob sich dahinter etwas versteckte.

Chip tippte seine Freunde leicht an. „Hört ihr das?“, flüsterte er.

Ein Windstoß fuhr durch die hohen Kronen der Bäume und ließ die Blätter rascheln.

„Meinst du das Rauschen der Bäume?“, fragte Lara zurück.

„Nein, da ist ein … Knurren!“

Leon und Lara hielten den Atem an und lauschten angestrengt. Chip hatte recht. Jetzt hörten auch sie ein leises, sehr tiefes, fast drohendes Knurren.

„Wir verschwinden besser“, meinte Leon. Er drehte sich etwas zur Seite und hob das Drachenschwert, um einen Durchgang in die Sichtbare Welt zu schaffen.

Doch Leon kam nicht mehr dazu.

Zuerst hörte er Laras erschrockenen Aufschrei, dann einen dumpfen Aufprall. Er drehte sich um, rang bei dem Anblick, der sich ihm bot, nach Luft und torkelte nach hinten.

Chip lag hilflos auf dem Rücken. Über ihm stand ein Tier, das Leon noch nie zuvor gesehen hatte. Es hatte Ähnlichkeit mit einem Wolf, doch sein zottiges Fell war blau, und seine Augen besaßen keine Pupillen, sondern waren leuchtend weiß. Aus dem halb offenen Maul ragten lange, gebogene Zähne, die sehr gefährlich aussahen. Speichel tropfte von den Lefzen.

„Tut was!“, stieß Chip hervor. Er wagte kaum zu atmen.

Der Blaue Wolf knurrte warnend, als Leon den Griff des Drachenschwertes fester packte. Die langen Haare auf seinem Rücken sträubten sich und stellten sich wie Stacheln auf.

Leon hörte in seinem Kopf die freundliche Stimme seines Großvaters. „Das Böse kannst du nicht mit einem Schwerthieb besiegen. Höre immer auf deine innere Stimme, sie wird dir den richtigen Weg weisen."

Keuchend rang Leon nach Luft und hielt das Schwert schützend vor sich. Lara presste sich einige Schritte entfernt gegen den Stamm eines großen Schachtelhalmbaumes. Sie hatte ihre Augen vor Schreck ganz weit aufgerissen, und ihr Mund stand offen.

Leon wusste nicht, was er tun sollte. Seine innere Stimme riet ihm zurückzuweichen, aber er konnte Chip doch nicht einfach im Stich lassen. Sein Getreuer war ohne Panzer schutzlos, er musste ihn gegen den Wolf verteidigen! Drohend senkte das Raubtier den Kopf, und die Zähne berührten Chips Hals. Der Junge wimmerte vor Todesangst.

Aus der Kehle des Wolfs kam ein tiefes Knurren. Die weißen Augen schienen Leon anzustarren, so als wolle er seine Reaktion genau beobachten.

Der Zerrus

Mit einem lauten Schrei stürzte sich Leon auf den Blauen Wolf und schlug das Drachenschwert mit aller Kraft gegen die Flanke des Tieres. Es hinterließ einen tiefen Schnitt, der sofort heftig zu bluten begann.

Der Angriff zeigte Wirkung: Der Blaue Wolf riss den Kopf hoch, und sein Maul gab Chips Kehle frei. Er fletschte seine langen Zähne und brüllte laut vor Schmerz und Zorn.

Chip nahm allen Mut zusammen und stieß den Wolf mit beiden Händen von sich.

Das verletzte Tier kippte um und rollte zur Seite. Chip wollte aufspringen, doch seine Beine versagten ihm den Dienst, und er kroch auf allen vieren zu Lara. Leon war wie betäubt. Er musste die ganze Zeit auf die klaffende Wunde starren. Nie hätte er gedacht, dass Drachenherz solche Verletzungen verursachen konnte.

Der Blaue Wolf leckte sich mit der lila Zunge über den Schnitt und warf dann den Kopf wieder herum in Leons Richtung. Aus den weißen Augen schienen Funken zu sprühen.

„Die Wunde … sieh nur!“, hörte Leon Lara erstaunt rufen.

Er traute seinen Augen nicht. Der Schnitt schloss sich und verheilte innerhalb von Sekunden. Es blieb nicht einmal ein Kratzer zurück.

Mit wildem Gebrüll stürzte sich der Wolf nun auf Leon, der es gerade noch schaffte, das Schwert in die Höhe zu reißen und über seinen Kopf zu halten.

Die Wucht des Zusammenpralls ließ ihn taumeln und nach hinten stürzen. Bevor er wusste, wie ihm geschah, befand er sich in der gleichen Lage wie Chip vorhin. Das Tier riss sein Maul auf und brüllte abermals. Leon sah in einen dunklen Schlund, der kein Ende zu nehmen schien. Noch immer hielt er Drachenherz in seiner Hand. Verzweifelt versuchte er, das Schwert seitlich gegen das Tier zu führen. Doch die Waffe prallte jetzt wirkungslos am Fell des Wolfs ab. Aus jedem einzelnen der blauen Haare schoss ein dünner Blitz und alle zusammen bildeten eine Art Schutzhülle um den Wolf, die zischte, knisterte und Funken sprühte.

Leon konnte Drachenherz nicht länger festhalten, und es wurde fortgeschleudert. Völlig machtlos musste er zusehen, wie es zwischen den Blättern eines Busches verschwand.

Jetzt war es um ihn geschehen. Der Blaue Wolf knurrte und holte Schwung, um seine Reißzähne mit voller Wucht in Leons Kehle zu schlagen.

„Nicht!“, keuchte Leon. „Nein!“

Aber der Blaue Wolf reagierte nicht darauf.

Mit einem lauten Brüllen schnellte sein Kopf vor. Leon fühlte den glühenden Atem, und er spürte, wie sich seine Haare durch das elektrische Feld, das das Tier umgab, aufstellten.

Krachend schlugen die Zähne des Wolfes gegen das Holz.

Holz?

Leon wurde schwarz vor Augen, und er fiel in eine tiefe Bewusstlosigkeit.

Als er wieder zu sich kam, spürte er eisige Kälte. Er war an Händen und Füßen gefesselt, und die Kälte lähmte seine Muskeln. In seinen Ohren rauschte es heftig. Sein ganzer Körper schmerzte höllisch. Jeder einzelne Muskel tat ihm weh.

Erst jetzt fiel Leon auf, dass er noch immer die Augen geschlossen hatte. Vorsichtig blinzelte er unter seinen Wimpern hervor. Er lag auf dem Bauch und schien auf dem Rücken eines Tieres festgebunden zu sein.

Tief unter sich erkannte er eine grüne Fläche mit hellen und dunklen Flecken.

„Er kommt zu sich!", rief hinter ihm eine Stimme, die nach Lara klang.

Leon wollte sich aufrichten, aber die Fesseln hinderten ihn daran. Seine Arme waren um einen dicken Körper geschlungen und darunter zusammengebunden worden. Vorsichtig zerrte er an den Stricken.

„Wie kann man sich auch mit dem Zerrus anlegen?", bemerkte jemand vorwurfsvoll. Die Stimme kam von vorn.

„Jock?", fragte Leon matt.

„Unser Held spricht wieder, wie erfreulich!", spottete Jock.

Langsam wurde Leon klar, wo er sich befand: Er war auf den Schultern des Chamäleondrachen festgebunden, dort, wo dessen Hals begann. Hinter ihm saßen Lara und Chip.

An diesem Tag hatte sich Jock für ein kuscheliges Fell entschieden, das er gleich noch länger wachsen ließ, als er Leons Zittern spürte. Fürsorglich hüllte er ihn damit ein.

„Leon, wie geht es dir? Bist du verletzt?", wollte Chip besorgt wissen.

„Mir tut alles weh", gestand Leon, während er weiter versuchte, sich zu befreien. „Aber ... was ist geschehen?"

„Ich habe mir erlaubt, dich aus den Fängen des Zerrus zu retten. Habe dich schnell in die Höhe gezogen, bevor er dich in Stücke reißen konnte", berichtete Jock.

„Dann hat er Chip und mich aufsteigen lassen und ist mit uns losgeflogen", fügte Lara hinzu. „Wir mussten dich festbinden, weil du zweimal fast von Jocks Rücken gestürzt wärst."

„Und wohin fliegst du uns jetzt?", erkundigte sich Leon.

„Eigentlich wollte ich dich zu Emanuel bringen, weil du einfach nicht zu dir kommen wolltest. Dachte, er könnte es schaffen, dich wachzukriegen. Emanuel hat da so seine Methoden ...", erklärte Jock. Seine Stimme klang besorgt.

Endlich gelang es Leon, seine Hände aus den Fesseln zu befreien und sich aufzusetzen. Jock flog so hoch wie nie zuvor. „Dieser Zerrus ist eine Bestie!", stöhnte Leon.

„Was hast du ihm denn getan?", wollte Jock neugierig wissen.

„Getan? Ich ihm? Nichts! Er hat Chip angefallen, und ich ... ich wollte ihn nur vertreiben."

„Ein Zerrus fällt niemanden an, zumindest nicht ohne Grund!", erklärte Jock.

Leon fror, und daran war nicht nur die Kälte schuld. „Jock, wie hast du uns überhaupt gefunden?", fragte er.

„War so ein Gefühl, dass ihr meine Hilfe brauchen könntet. Wir Chamäleondrachen spüren so etwas. Ist es noch nötig, dich zu Emanuel zu bringen?", wollte er wissen.

„Nein, glaube nicht", antwortete Leon. Er drehte sich zu Chip um, der zusammengekrümmt auf Jocks Rücken hockte und sich mit beiden Händen festklammerte. Der Flug schien ihm nicht ganz geheuer zu sein. „Brauchst du noch Emanuels Hilfe?"

Chip schüttelte den Kopf. „Nein, mir geht es gut. Danke, dass du mich gerettet hast."

Lara fiel ein, wieso sie überhaupt in die Unsichtbare Welt gekommen waren. „Leon behauptet, eine Stimme gehört zu haben, die ihn gerufen hat“, erklärte sie.

Jock wandte im Flug den Kopf nach hinten und grinste breit. „Hast wohl eine gute Ausrede gebraucht, um einen kleinen Besuch zu machen und mich zu sehen, was?“

„Nein, da war wirklich eine Stimme!“, protestierte Leon schwach.

Jock lachte spöttisch und achtete einen Augenblick nicht auf die schlangenförmigen Bewegungen seines Körpers und den Flügelschlag. Er sackte zur Seite und stürzte ab. Leon, Lara und Chip klammerten sich fest und schrien, während Jock in die Tiefe trudelte. Der Boden raste gefährlich schnell auf sie zu.

Auf einmal gab es ein Geräusch, das sich wie das Öffnen eines Fallschirms anhörte. Jocks Sturzflug wurde langsamer, und er begann, wie ein Segelflieger durch die Luft zu gleiten. Zwischen seinen Vorder- und Hinterbeinen spannten sich Flughäute wie bei einem Flughörnchen.

„Zum Glück ist mir gerade eingefallen, dass ich ein Chamäleondrache bin und ganz verschiedene Gestalten annehmen kann“, seufzte er erleichtert.

Sanft landete er am Rande des Waldes, aus dem er Leon gerettet hatte, und die Drachenritter stiegen ab.

„Das Schwert!“, fiel Leon ein.

Lara holte den grünen Füller aus der Tasche ihrer Hose und reichte ihn Leon. „Habe ich natürlich mitgenommen.“

Jock hatte sich auf die Hinterbeine gestellt und mahnend eine Kralle erhoben. „Reize den Zerrus nicht!“, riet er.

„Hör mal zu, er hat *mich* gereizt!“, brauste Leon auf. „Das Vieh hat uns angefallen, einfach so, als wollte er Chip als Beute reißen.“ Ihn schauderte, als er an die Begegnung dachte.

„Wenn du meinst!“ Jock zuckte wenig überzeugt mit den Schultern und schien nicht mehr über den Zerrus reden zu wollen.

Da die drei Freunde in die Sichtbare Welt zurückmussten, verabschiedeten sie sich von Jock, und Leon schnitt eine kreisförmige Öffnung, durch die sie auf einen verlassenen Parkplatz hinter einem Supermarkt gelangten.

Es war spät geworden, und alle drei mussten schnellstens nach Hause.

„Ich habe die Stimme gehört, und sie hat nach

mir gerufen!", murmelte Leon vor sich hin, während er heimlief.

Aber was hatte der Ruf zu bedeuten gehabt? Und wem gehörte die Stimme?

Die steinernen Ritter

Der Zerrus hetzte mit großen Sprüngen aus dem Wald und überquerte eine endlos scheinende Steppe, die in eine Steinwüste überging.

Die Steine in dieser Wüste hatten eine ganz seltsame Farbe, die zu jeder Tageszeit anders erschien. Am frühen Morgen schimmerten sie hellviolett, zu Mittag tiefschwarz und gegen Abend dunkelgrün.

Bei jedem Schritt, den man in dieser Wüste machte, rieben sich die Steine aneinander und zermahlten sich gegenseitig.

Mit großer Geschwindigkeit bewegte sich der Blaue Wolf voran. Er sprang vorsichtig von Stein zu Stein, um nicht mit der Pfote in einer Ritze hängen zu bleiben und sich zu verletzen.

Auf den ersten Blick wirkte die Steinwüste völlig eben, wie eine raue Fläche. Doch dieser Eindruck täuschte. Schon nach einigen hundert

Metern taten sich tiefe Klüfte auf. Wagte man sich aber noch weiter vor, so stieß man sogar auf Hügel und schroffe Berge, die vom Rand aus nicht zu sehen waren.

Auf einem dieser Hügel ragte eine mittelalterliche Burg mit fünf Türmen, einer Zugbrücke und hohen Mauern auf. Die gesamte Ebene unter dem Burgberg war von dunklen Gestalten bevölkert, die düster in die Wüste hinausstarrten. Es waren Tausende von Rittern, alle bewaffnet mit Schwert, Morgenstern, Lanze und Schild.

Ganz vorn war ein einzelner Ritter zu erkennen. Er saß auf einem stolzen Ross, das wie er durch eine Rüstung geschützt wurde. Das Visier seines Helmes war heruntergeklappt und ließ nur einen schmalen Schlitz frei, durch den er sehen konnte. Das Tier trug ein kostbares Zaumzeug und einen schweren Sattel. Allem Anschein nach war dieser Mann der Anführer des Heeres.

Eine Hand hatte der Ritter am Zügel, mit der anderen hielt er sein Schwert.

Der Zerrus wurde erst langsamer, als die riesige Armee und ihr Anführer in Sichtweite kamen. Er duckte sich und stellte sein Fell auf. Wieder knisterte es elektrisch zwischen den Haaren, blaue Funken sprühten, und es bildete sich der durchscheinende Schutzschild.

Der Blaue Wolf setzte behutsam Pfote vor Pfote, jederzeit bereit anzugreifen. Alle Muskeln angespannt, schlich er näher an die Ritter heran.

Ein heftiger Windstoß fegte über die Steinwüste und durch die wartende Armee. Sofort erhob sich ein Pfeifen und Säuseln, steigerte sich zu einem klagenden Ton, als schlüge jemand alle Tasten einer Orgel gleichzeitig an, und ebbte mit dem Wind dann wieder ab.

Die schwarze Nase des Zerrus bewegte sich unermüdlich. Gierig sog er alle Gerüche ein, die ihm entgegenwehten.

Die Ritter schienen ihn nicht zu bemerken. Keiner von ihnen bewegte sich. Selbst ihr Anführer blickte suchend in die Weite der steinernen Wüste hinaus, obwohl soeben ein Blauer Wolf um die Beine seines Pferdes strich.

Noch immer geduckt und angespannt schlich der Blaue Wolf vorsichtig zwischen den Kämpfern hindurch.

Die Ritter bewegten sich nicht. Sie sahen ihn auch nicht, denn sie waren alle aus Stein. Aus kaltem grauem Stein.

Im nächsten Moment hetzte das Tier im gestreckten Galopp den Burgberg hinauf und über die offene Zugbrücke in den Hof. Ein schauriges, klagendes Heulen schallte von dort durch die steinerne Wüste, wo es ungehört verklang.

Die Stimme

Die Klassenfahrt wurde genau so, wie Leon es erwartet hatte: stinklangweilig.

Die Jungen und Mädchen hingen schlapp in den Sitzen des Autobusses. Herr Benedikt, ihr Kunstlehrer, sprach zu ihnen durch das Mikrofon. Im Gegensatz zu seinen Schülern schien er hellwach zu sein.

„Ich habe unsere Anreise so geplant, dass wir auf dem Weg drei wirkliche Juwelen der Baukunst besichtigen können!“, verkündete er stolz.

Die meisten gähnten. Einige, weil sie wirklich müde waren, andere, um zu zeigen, was sie von „Juwelen der Baukunst“ hielten.

Leon, Lara und Chip hatten die letzte Bank des Busses mit Beschlag belegt, wo sie nebeneinander sitzen konnten.

Eine Reihe vor ihnen hatte Brutus sein Lager aufgeschlagen. Laut schmatzend verdrückte er ein Stück Salami. Es verunsicherte ihn schwer, dass Chip nun immer mit Leon zusammensteckte und von seinem früheren „Chef“ nichts mehr wissen wollte. Nicht einmal auf Brutus' Drohungen reagierte er.

„Na, ihr Turteltäubchen?“ Brutus drehte sich zu Leon, Lara und Chip um und grinste sie schmierig an. „Ist klar, dass ein Mädchen wie du zwei von der Sorte braucht“, sagte er bissig. „Weder Leon noch Chip kann man als ganzen Mann bezeichnen, sind wohl eher echte Weicheier.“

Lara schnitt ihm eine Grimasse und meinte gelangweilt: „Friss weiter und verkriech dich wieder in deinem Loch, du Monster.“

Brutus bekam einen roten Kopf, und Chip wusste, was das bedeutete. Ärger nämlich. Ängstlich duckte er sich.

„Hör zu, Kleine, ich vermöble keine Mädchen. Dafür aber können deine Verehrer für deine Frechheit büßen, klar?“

„Lass ihn!“, raunte ihr Leon zu.

Die drei lehnten sich zurück und blickten demonstrativ in eine andere Richtung. Brutus bewarf sie mit Salamihaut. Als das keine Wirkung zeigte, gab er auf und unterhielt sich mit seinem

Anhänger Ralph, für den Brutus noch immer der tollste Typ der Schule war.

„Hast du die Stimme eigentlich noch einmal gehört?", fragte Chip leise.

Leon schüttelte den Kopf. „Nur das eine Mal, aber ich schwöre euch, sie hat mich gerufen."

Der Bus hielt mit einem Ruck, und Herr Benedikt nahm wieder das Mikrofon in die Hand. „Bitte alle aussteigen, wir besichtigen jetzt Schloss Neumünd!"

Von außen sah das Schloss recht langweilig aus: weiß verputzt, grün-weiß gestreifte Fensterläden, ein Dach, auf dem jede Schindel exakt am rechten Platz lag.

Aufgeregt winkend führte der Lehrer die Klasse durch einen hohen Torbogen in den Innenhof mit den Arkaden. Dort begann er mit einem langweiligen Vortrag, dem keiner richtig folgte.

„Ich gebe euch nun ein paar Minuten, um die ausgewogene Harmonie der Architektur zu bewundern", schloss er und scheuchte die Schüler auseinander. „Begebt euch in die oberen Stockwerke und genießt von dort den unvergleichlichen Blick in den Innenhof. Auch die Akustik bietet einige Überraschungen."

„Treppensteigen, nein danke!“, ächzten einige und taten so, als ob sie interessiert die Arkaden von unten musterten.

Leon, Lara und Chip stapften ohne große Begeisterung die Treppen hoch.

Und dann hörte Leon sie erneut – die Stimme, die seinen Namen rief. Und wieder hallte sie und hatte etwas Unwirkliches an sich.

Verwirrt sah er sich um und rätselte, woher sie kommen könnte. Doch sie war bereits wieder verstummt.

Enttäuscht ließ er die Schultern sinken.

„Alles okay?“, fragten ihn Lara und Chip.

„Leeeeooon!“, hauchte es da abermals. Diesmal aber von der anderen Seite.

„Die Stimme … sie ruft mich!“, keuchte Leon.

Lara und Chip hatten den Atem angehalten. Denn diesmal hatten sie es auch gehört.

„Wo kommt sie her?“, fragte Leon seine Freunde aufgeregt.

„Leon! Leon! Leon! Leon! Leon!“

„Die kommt von überall, von allen Seiten!“, stellte Chip überrascht fest.

„Leeeooon!“, wisperte es vor, hinter und neben ihnen.

Leons Handflächen waren feucht vor Aufregung, als er den grünen Füller aus der Tasche holte. Es waren zu viele Menschen in der Nähe, sodass er das Schwert nicht ausfahren lassen konnte. Flehend sah er den Drachenkopf auf dem Clip der Füllfederkappe an.

„Hilf mir!“, flüsterte er. „Bitte, hilf mir.“

Der Drache zwinkerte ihm zu, und der Füller begann sich zu bewegen und deutete in Richtung einer Tür. Überrascht sahen sich die drei Freunde an.

Angriff aus der Dunkelheit

„Meinst du das ernst?“, fragte Leon leise.

Der Füller ruckte wieder und deutete abermals auf die Tür. Fordernd klopfte er ein paar Mal in Leons Handfläche.

„Heißt das, ich soll dort hineingehen?“

Der Drache zwinkerte ihm zu.

„Ich fand, er hat auch auf die Fratze an der Wand gedeutet!“, zischte Chip.

Leon beobachtete, wie der Drache am Füllerclip ungeduldig das Gesicht verzog. Normalerweise war der Drachenkopf aus hartem Metall. Wieso er sich manchmal bewegen konnte, war für Leon ein Rätsel. Wie so vieles, was er in letzter Zeit erlebte.

Mit klopfendem Herzen ging er langsam auf die Tür zu, die offen stand. Von hier war die Stimme gekommen, als er sie zum zweiten Mal gehört hatte.

Lara und Chip hielten sich dicht hinter ihm.

Mit der Schuhspitze stieß Leon die Tür weiter auf. Ein Lichtstreifen fiel auf einen weißen Steinfußboden. Das Innere des Raumes aber lag noch immer im Dunkeln.

„Hallo?“, rief Leon leise. „Ich ... ich bin hier. Wer ... wer sind Sie?“

Aus der Dunkelheit kam nur ein heiseres Röcheln. Dann wieder Stille.

Fragend drehte sich Leon zu den anderen beiden um. Diesmal hatte Chip seinen Drachenherz-Gürtel nicht vergessen. Das letzte Mal war ihm eine Lehre gewesen. Leon sah, dass sowohl Lara als auch er die Finger bereits an der Schnalle hatten, um im Notfall ihre Brustpanzer zu aktivieren.

„Wenn du reingehst, lass das Schwert ausfahren“, flüsterte Chip ihm zu.

Leon packte die Kappe des Füllers mit zwei Fingern und wagte sich noch einen Schritt vor.

„Aaaaaaaaa!“ Mit einem Schrei stürzte etwas Großes auf ihn zu.

Leon wurde zu Boden gestoßen. Im Fallen zog er an der Füllerkappe, die sich aber nur ein Stück abziehen ließ und dann wieder zuschnappte.

„Auaaaa!" Leon war auf seinen linken Arm gefallen und spürte einen stechenden Schmerz.

In der Dunkelheit bewegte sich etwas.

Laut knarrend wurde die Tür ganz geöffnet. Licht fiel auf zwei Jungen, die mit verschränkten Armen über Leon standen und mit einem gemeinen Grinsen auf ihn hinunterstarrten. Es waren Brutus und Ralph.

„Spinner, du sprichst wohl mit den Außerirdischen, oder was?", sagte Brutus verächtlich.

Der zweite Rufer war also Brutus gewesen. Deshalb hatten Lara und Chip die Stimme ebenfalls gehört, folgerte Leon, während er sich aufrappelte.

Um nichts Falsches zu sagen, schwieg er einfach. Den grünen Füller hielt er fest in der Faust.

Plötzlich änderte sich Brutus' Gesichtsausdruck. Mit einem Mal wirkte er nachdenklich und misstrauisch. Mit zusammengekniffenen Augen blickte er von Leon zu Lara und Chip.

„Mit euch dreien stimmt etwas nicht", zischte er. „Ihr habt Dreck am Stecken. Ihr spielt irgendein dämliches Spiel, oder ihr habt ein kindisches Geheimnis. Aber ich komme dahinter, verlasst euch drauf."

Er gab Ralph mit dem Kopf ein Zeichen, und die zwei zogen ab. Chip sah Leon an. „Wir … wir müssen von jetzt an verdammt vorsichtig sein. Brutus meint das ernst. Der spioniert uns sicher hinterher.“

Leon nickte und stand auf.

„Kinder, wir fahren weiter!“, rief Herr Benedikt von unten. „Tempo, wir haben noch ein großes Programm vor uns.“

Leon und seine Freunde verließen den Raum und gingen Richtung Treppe. Als sie an der steinernen Fratze vorbeikamen, auf die der Füller nach Chips Meinung ebenfalls gedeutet hatte, blieben sie stehen und musterten sie.

„Das Ding … kann doch nicht … gesprochen haben!“, sagte Leon leise.

Aber wieso hatte ihn der Füller dann darauf aufmerksam gemacht?

„Leon! Lara! Chip! Was ist? Alle anderen sind schon im Bus!“, rief Herr Benedikt drängend. Es blieb keine Zeit, die steinerne Fratze genauer zu untersuchen.

Hastig bestiegen die drei Freunde den Bus. Auf dem Weg zur letzten Reihe stolperte Leon über Brutus’ ausgestrecktes Bein und stürzte schwer zu Boden. Brutus packte ihn am Pullover und zog ihn hoch. Leon sah in sein verschwitztes Gesicht.

„Los, rück schon raus mit der Sprache, was treibt ihr drei da für ein dreckiges Spiel?“, zischte Brutus drohend.

„Lass mich los!“, fuhr Leon ihn an und schlug nach seiner Hand.

Da hinter ihnen Herr Benedikt auftauchte, zog sich Brutus zurück.

Wie ein Gefängnis

Leon hatte kein gutes Gefühl. Brutus drehte sich alle paar Minuten zu ihm um und musterte ihn mit prüfendem Blick. Er schien tatsächlich Lunte gerochen zu haben.

Lara und Chip saßen verkrampft auf der Rückbank. Keiner der drei redete auf dem Rest der Fahrt ein Wort. Auch während der Besichtigung zweier weiterer, ziemlich verfallener Schlösser blieben sie immer in der Nähe von Herrn Benedikt und vermieden es, auch nur eine Silbe über die geheimnisvolle Stimme, Drachenherz oder die Unsichtbare Welt zu äußern.

Vier Tage sollte die Klassenfahrt dauern, und übernachtet wurde in einer Jugendherberge. Von außen hatte sie mit ihren grauen Wänden und den vergitterten Fenstern im Erdgeschoss große Ähnlichkeit mit einem Gefängnis. Innen wurde dieser Eindruck noch verstärkt. Die Zimmer waren kalte, kahle Zellen, die Betten Pritschen, und statt Badezimmern gab es nur Gemeinschaftswaschräume, die für Jungen und Mädchen getrennt waren.

Selbst Herr Benedikt, der ein absoluter Schönfärber war, konnte ihrer Unterkunft nichts Gutes abgewinnen.

Chip und Leon hatten bereits ausgemacht, das Zimmer zu teilen. Da es aber nur Viererzimmer gab, brauchten sie noch zwei Mitbewohner. Bei der Zimmerverteilung meldeten sich sofort Brutus und Ralph, und es bestand keine Chance, die beiden wieder loszuwerden.

Während Leon und Chip die unteren Betten nahmen, bevorzugten Brutus und Ralph die oberen. „Von hier habe ich einen guten Überblick!“, erklärte Brutus mit breitem Grinsen.

Das Abendessen war ungefähr so schlimm wie die Herberge. Die meisten stocherten nur lustlos in den matschigen Nudeln und verzogen das Gesicht, weil die Fleischsoße nach Seife schmeckte. Herr Benedikt war sofort einverstanden, als einige Schüler noch schnell in den Ort laufen wollten, um sich etwas zu essen zu besorgen, und schloss sich ihnen sogar an.

Leon und seine Freunde starteten natürlich auch zu einer kleinen Einkaufstour. Unterwegs gelang es ihnen, ihre Schatten Brutus und Ralph abzuhängen. Ein leises Kommando genügte, und die drei liefen in verschiedene Richtungen auseinander. Brutus stürmte Leon nach, verlor ihn aber aus den Augen, als der um eine Ecke bog und sich in einer Hauseinfahrt versteckte.

Schimpfend und fluchend zog Brutus schließlich erfolglos ab.

Wie verabredet trafen sich die drei Freunde hinter dem Supermarkt.

„Hast du die Stimme heute noch einmal gehört?“, wollte Lara von Leon wissen.

„Nein, aber ... aber ich habe das Gefühl, es wäre wichtig, sie noch einmal zu hören“, erklärte Leon ihr.

Lara verschwand schnell im Supermarkt, um Schokoriegel, Chips und Popcorn zu besorgen. Mit einer vollen Tasche kehrte sie zurück.

„Wir dürfen bis halb zehn fortbleiben“, erinnerte sie die Jungen.

Sie kamen an einen Wegweiser und lasen, was auf den Pfeilen stand. Einer zeigte den Weg zum Friedhof. Leon ließ sich die Ereignisse der letzten

Tage durch den Kopf gehen und strich sich nachdenklich über das Kinn. Schließlich sagte er: „Ich möchte noch zum Friedhof. Ich habe da so eine Idee. Vielleicht ist es verrückt, aber ich muss es einfach versuchen."

Der Hilferuf

„Was versprichst du dir davon?“, wollte Chip wissen. Seine Hand wanderte unermüdlich immer wieder in die Chipstüte, die bereits halb leer gefuttert war.

Lara sah Leon ebenfalls fragend an. „Würde mich auch interessieren.“

„Also, zum ersten Mal habe ich die Stimme gehört, als wir am Brunnen mit den steinernen Löwen saßen, erinnert ihr euch?“, begann Leon. „Und das zweite Mal hat mich Drachenherz auch auf diese steinerne Fratze aufmerksam gemacht. Ich will zum Friedhof, weil es dort Stcin figuren gibt. Ich werde das Gefühl nicht los, dass eine zu mir sprechen könnte.“

Das Gittertor des Friedhofs stand noch offen, als sie ankamen. Besucher waren jedoch nicht mehr zu sehen.

„Kommt ihr mit?“, fragte Leon.

Das war für die zwei selbstverständlich.

Mit einem seltsamen Gefühl im Bauch betraten sie den Friedhof. Leon ging von Grabstein zu Grabstein. Ihn interessierten vor allem die Figuren, die trauernde, wachende und klagende Engel darstellten. Prüfend musterte er jede einzelne, aber keine sprach zu ihm.

„Es war wohl wirklich eine verrückte Idee", dachte er.

„Leoooon!", hörte er in diesem Augenblick die hallende Stimme wieder. Er wirbelte im Kreis herum und versuchte festzustellen, aus welcher Richtung sie kam.

„Leeeeoooon!", rief sie.

Und diesmal bekam Leon eine Bestätigung für seinen Verdacht: An der Friedhofsmauer gab es einen altmodischen kleinen Brunnen mit einem verzierten Wasserhahn aus Messing. Darüber befand sich ein pausbäckiges Gesicht mit Lockenfrisur. Zwischen den Locken guckten zwei kleine Hörner heraus.

Der runde Mund des steinernen Gesichtes bewegte sich: „Leon", rief er.

Leon drehte sich nach Lara und Chip um, die dicht hinter ihm standen. Sie konnten die Stimme auch diesmal nicht hören, sahen aber, wie der Mund des gemeißelten Gesichtes Worte zu formen schien.

„Wer … wer spricht da?“, fragte Leon. Seine Stimme klang nicht sehr fest, aber wen wunderte das?

„Ich brauche deine Hilfe, Leon Drachenherz. Du hast Lord Drakill, den Höllenritter, besiegt und die Unsichtbare Welt von seiner Tyrannei befreit. Du musst mir helfen, sonst droht das nächste Unglück.“

„Wer … wer bist du?“, wollte Leon wissen.

„Drachenritter, komm in die Unsichtbare Welt, dann wirst du mich kennenlernen. Befreie mich aus meiner Gefangenschaft, in die ich einst gehen musste, um nicht von Lord Drakill getötet zu werden.“

„Ich will wissen, mit wem ich spreche!“, wiederholte Leon.

Das steinerne Gesicht aber war wieder erstarrt und gab keine Antwort mehr.

Leon drehte sich zu seinen Freunden um und erzählte ihnen, was die Stimme gesagt hatte. Dann erklärte er: „Ich … ich gehe in die Unsichtbare Welt und sehe nach. Kommt ihr mit?“

„Ja“, erwiderten die anderen beiden nach kurzer Überlegung.

Leon griff in seine Hosentasche, um den Füller herauszuziehen. Doch da war nichts. Panik erfasste ihn, und hektisch wühlte er in allen Taschen. Sein Gesicht wurde kreidebleich.

„Der Füller ... er ist weg!“

„Brutus!“, lautete Chips Verdacht sofort. „Er hat ihn dir geklaut.“

„Wenn er die Kappe runterzieht und das Schwert entdeckt? Dann ... dann kann er auch in die Unsichtbare Welt!“ Leon schauderte bei diesem Gedanken.

„Wir müssen in die Unterkunft und seine Tasche durchsuchen“, entschied Lara. „Wir können nur hoffen, dass er noch nicht zurück ist und den Füller nicht bei sich hat.“

Die drei rannten los und blieben erst wieder stehen, als sie das Jugendgästehaus erreicht hatten. Keuchend stolperten sie in das Zimmer der Jungen und atmeten erleichtert auf. Brutus und Ralph waren tatsächlich noch nicht da.

Hektisch wühlten sie in den Taschen der beiden. Mit spitzen Fingern beförderte Chip zwei fleckige T-Shirts und einen stinkenden Pulli aus

Brutus' Tasche. Eine seiner Salamis, die er mitgenommen hatte, war schlecht eingewickelt gewesen und hatte eine ölige Soße abgesondert.

„Nichts!", stöhnte Lara und warf ratlos die Hände in die Luft.

„Die Betten! Vielleicht hat er den Füller dort versteckt!", fiel Leon ein.

Sie rissen Kissen und Decke hoch und sogar das Laken. Ohne Erfolg!

„Da fällt mir etwas ein", rief Leon plötzlich. „Kommt schnell!"

Die Burg in der Steinwüste

Brutus brüllte. Er stand mit hochrotem Kopf da, die Fäuste geballt und schrie aus Leibeskräften.

„Welcher Wahnsinnige hat in meinen Sachen gewühlt?“, hallte es durch die Gänge der Unterkunft. „Welcher Vollidiot war das?“

Leon, Lara und Chip, die das Haus in diesem Augenblick betraten, blieben wie angewurzelt in der Tür stehen. Was jetzt?

„Da es im Augenblick zu gefährlich ist, in Brutus’ Nähe zu kommen, suchen wir den großen Unbekannten, der Steine zum Reden bringt“, schlug Leon vor.

Dabei strich er mit dem Finger über den Füller in seiner Hand. Er war ungeheuer erleichtert, dass er ihn wiedergefunden hatte. Als ihm Brutus im Bus das Bein gestellt hatte, war er ihm wohl aus der Tasche gefallen. Die Freunde hatten ihn unter einem Sitz entdeckt.

Lara zweifelte, ob es wirklich eine gute Idee war, jetzt noch loszuziehen. In wenigen Minuten mussten sie auf den Zimmern sein, und wenn Herr Benedikt herausfand, dass sie fehlten, würde es bestimmt Ärger geben.

Doch Leon hörte nicht auf ihre Einwände, sondern verließ das Haus wieder und lief hinter einen Holzzaun. Lara und Chip folgten ihm. Mit einer schnellen Bewegung zog er die Kappe des Füllers ab und ließ das Schwert ausfahren. Er konnte seine Hand vor Aufregung nicht ruhig halten, als er eine türförmige Öffnung schnitt, deshalb war der Durchgang in die Unsichtbare Welt diesmal ziemlich ausgefranst.

Die drei schlüpften hindurch und sahen sich überrascht um.

„Wo sind wir hier?“, fragte Lara staunend.

Leon und Chip stießen einen Pfiff aus. Sie befanden sich in einer Steinwüste am Fuß eines Berges, auf dem sich eine Burg mit fünf Türmen, einer Zugbrücke und hohen Mauern erhob.

„Seht euch das an!“ Chip deutete nach links, wo im roten Licht der Abendsonne ein seltsamer Wald aus steinernen Gestalten zu sehen war.

„Sind das Ritter?“, wunderte sich Leon.

„Hier hat wohl jemand eine Schwäche für Denkmäler!“, spottete Lara.

„Es muss einen Grund geben, wieso wir hier in dieser Wüste gelandet sind. In diesem Teil der Unsichtbaren Welt war ich noch nie“, meinte Leon nachdenklich.

„Wir sind gekommen, um den unbekannten Rufer kennenzulernen. Vielleicht hat es uns deshalb zu dieser Burg verschlagen, vielleicht hat er hier gelebt“, vermutete Chip.

Leon nickte zustimmend und begann langsam den Burgberg zu besteigen.

„Irgendetwas stimmt hier nicht“, stellte Lara fest, nachdem sie ungefähr die Hälfte des Weges zurückgelegt hatten.

Besorgt ließen die drei ihre Brustpanzer in die Höhe fahren.

Noch immer hielt Leon das Drachenschwert in beiden Händen, bereit, jeden Angriff abzuwehren. Schritt für Schritt und immer nach möglichen Gefahren Ausschau haltend, setzten sie den Weg zur Burg fort.

Chip deutete mit dem Kopf auf die Armee der steinernen Ritter. „Was hat das zu bedeuten?“, fragte er leise.

Als Antwort erhielt er nur ein Schulterzucken.

Die drei hatten das Burgtor und die heruntergelassene Zugbrücke erreicht, als sich Drachenherz zu bewegen begann. Aufmerksam beobachtete Leon, was ihm das Schwert zeigte, aber wieder einmal versetzte es ihn in Erstaunen. Denn es zeigte ihm zwar einen Weg in die Burg, aber einen sehr ungewöhnlichen …

Der Stein der Weisen

Leon verstand, was Drachenherz ihm riet, und drängte seine beiden Getreuen vom Burgtor fort zu einer Ranke aus Stein, die zu einem offenen Fenster hinaufführte.

Leon machte den Anfang. Die Zweige der steinernen Ranke waren wie die Sprossen einer Leiter, und so erreichte er das Fenster schnell. Er blickte in eine Kammer, die spärlich eingerichtet war. Auch die Möbel waren aus Stein, genau wie das Heer der Ritter.

Leon schwang sich durch die Fensteröffnung und half Lara und Chip, indem er ihnen seinen Arm entgegenstreckte und sie hochzog. Etwas unschlüssig standen sie nun da und betrachteten die steinernen Möbel. Sie verhielten sich ganz ruhig und lauschten, ob sie etwas hörten, das vielleicht auf Bewohner hinwies. Doch da war nichts.

Obwohl ihm dabei gar nicht wohl war, ging Leon langsam auf die Tür zu, die in einen langen Gang führte.

„He, komm zurück!“, zischte Chip hinter ihm. Er stand am Fenster und winkte heftig. Lara und Leon liefen zu ihm und warfen einen Blick über seine Schulter. Leon atmete tief durch und klopfte anerkennend auf die Klinge seines schlauen Schwerts.

„Danke!“, sagte er nur.

Aus dem Burgtor war der Blaue Wolf gestürzt. Funken sprühend hetzte er den Weg hinunter in die Wüste. Ohne sich auch nur ein einziges Mal umzudrehen, jagte er zwischen den steinernen Rittern hindurch und verschwand. Hätten sie das Burgtor benutzt, wären sie dem Zerrus direkt in die Arme gelaufen.

„Was hatte der hier zu suchen?“, wunderte sich Leon.

„Hauptsache, er ist weg!“, stellte Chip fest, der wie immer praktisch dachte.

Die Anspannung und Neugier der Drachenritter wuchs. Jederzeit bereit, einen Angriff abzuwehren, liefen sie durch den Gang.

Doch die Burg schien völlig verlassen zu sein.

In jedem Raum, in den sie blickten, bot sich ihnen ein ähnlicher Anblick: steinerne Möbel und keine Menschen.

„Ich möchte zu gerne wissen, was hier geschehen ist", sagte Leon leise.

Hinter einer großen Säulenhalle lag ein achteckiger Burghof, der nach oben offen war. Ein schriller Schrei ließ die drei zum Himmel blicken. Von dort glitt ein großer Vogel mit ausgebreiteten Schwingen langsam auf sie zu und landete auf dem Rand eines Brunnens.

Mit einem weiteren Schrei hob der Vogel ein Bein und präsentierte einen grauen, erdigen Klumpen. Als keiner der drei zugriff, flatterte er ungeduldig und machte eine auffordernde Bewegung mit dem Fuß.

Zögernd streckte Leon die Hand aus, und der Brocken plumpste hinein. Er fühlte sich kühl und feucht an.

„Was soll ich damit?", fragte Leon und betrachtete ihn nachdenklich.

Auf einmal begann sich das kühle, lehmähnliche Material von allein zu verformen. Leon erschrak und hätte den Klumpen um ein Haar wieder fallen lassen.

Mit offenem Mund beugten sich die anderen beiden vor, um besser zu sehen.

Aus dem tönernen Klumpen formte sich ein Kopf. Das Gesicht eines jungen Mannes, das von einer wehenden Haarmähne umrahmt wurde, nahm Gestalt an. Die Lippen öffneten sich, und sein Mund begann zu sprechen: „Mein Name ist Larus. Prinz Larus. Mein einziger Freund, der Paradiesvogel Samello, ist von mir ausgeschickt worden, um dir den Klumpen magischer Erde zu bringen, durch den ich zu dir sprechen kann. Er hat es mir auch ermöglicht, dich in deiner Welt zu rufen und steinerne Statuen sprechen zu lassen. Ich brauche deine Hilfe, Drachenritter."

Leon, Lara und Chip konnten die Augen nicht von dem Kopf wenden. Es war einfach unglaublich, was sie da sahen!

„Ich weiß, dass es dir gelungen ist, Lord Drakill zu besiegen", sprach Prinz Larus weiter. „Doch es droht neue Gefahr. Der Blaue Wolf, der vor vielen Jahren meinen Vater und seine treuen Ritter zu Stein hat werden lassen, will die Herrschaft über das Land und die Herrschaft über deine Welt an sich reißen. Nur ich kann ihn daran hindern, doch ich lebe seit meiner Kindheit versteckt in einer Höhle auf dem Monte Cristallus. Nur hier war ich vor der bösen Macht Lord Drakills und des Blauen Wolfes sicher. Nun bin ich erwachsen und bereit, den Blauen Wolf zu besiegen. Dazu aber brauche ich mein Schwert. Ihr müsst es mir bringen. Mein Vater hat es für mich aufbewahrt. Im Schloss findet ihr mehrere Steine, in denen Schwerter stecken. Doch nur eines ist das richtige. Es steckt im Stein der Weisen. Hütet euch, ein falsches Schwert anzufassen, da das die Burg meiner Vorfahren zum Einsturz bringen würde."

„Und wie sieht dieser Stein der Weisen aus?", fragte Chip.

„Samello hat von meinem Vater vor seinem Tod einen Hinweis auf den Stein der Weisen erhalten. Es ist eine Karte, und er wird sie euch geben. Ihr müsst die Karte so falten, dass auf der einen Seite ‚Stein der Weisen' zu lesen ist, dann seht ihr auf der anderen den richtigen Stein."

Der Paradiesvogel fuhr mit dem Schnabel unter seine linke Schwinge und zog eine Karte hervor, die er Leon zuwarf.

„Macht schnell, und wenn ihr das Schwert in Händen haltet, übergebt es Samello, der es zu mir bringen wird. Danach werden wir uns bald wiedersehen! Und hütet euch vor dem Blauen Wolf!“

„Aber ...“, begann Leon, doch bevor er seine Frage stellen konnte, schienen Nase, Mund und Ohren zu schmelzen und ineinanderzufließen, bis wieder ein einfacher grauer Klumpen Erde in seinen Händen lag.

„Na ja, dann an die Arbeit!“, meinte Lara.

Was ist mit Drachenherz los?

Es dauerte lange und kostete die drei Freunde viele vergebliche Versuche, doch dann hatten sie es geschafft. Endlich gelang es ihnen, die Karte so zu falten, dass sie den Stein der Weisen erkennen konnten.

„Und jetzt müssen wir das Ding nur noch finden“, sagte Leon.

Lara drehte sich im Kreis und sah sich um. Vom Hof führten vier Gänge weg, und in jedem Stockwerk schien es eine große Anzahl von Zimmern zu geben. Es würde also dauern, bis sie alles abgesucht hatten.

Leon hielt das Drachenschwert mit beiden Händen und sah es bittend an. „Kannst du uns zu diesem Stein führen?“

Das Schwert ruckte und begann zu schweben. Es erhob sich aus seinen Händen und bewegte sich auf einen Durchgang zu. Schweigend folgten ihm die drei Freunde, denn sie wussten, dass sie sich auf Drachenherz verlassen konnten.

Die Räume der Burg waren wie ein Irrgarten angelegt, doch Drachenherz fand den richtigen Weg und zögerte nicht einmal.

Der Raum, in den Drachenherz die drei führte, war voller Steine, in denen Schwerter steckten. Doch auch nach ausgiebiger Suche konnten sie den Stein der Weisen nicht finden.

Fragend sah Leon das Drachenschwert an, das noch immer vor ihm in der Luft schwebte. „Machst du Witze?“, fragte er aufgebracht.

Das Schwert klopfte ihm frech auf den Kopf.

„Lass den Blödsinn, ich will wissen, wieso du uns hergeführt hast, obwohl das richtige Schwert nicht hier ist!“, beharrte Leon barsch.

Hinter ihnen ertönte ein tiefes, drohendes Knurren. Von draußen kam immer wieder ein warnender Schrei des Paradiesvogels.

Lara stürzte ans Fenster und sah in den Hof. Dort unten tobte der Blaue Wolf, sprang hoch und versuchte, den Paradiesvogel aus der Luft zu Boden zu reißen.

„Weg, bevor er uns entdeckt!“, entschied Leon.

Aber in seinem Inneren meldete sich eine Stimme, die ihm riet, zu bleiben. Das war doch nicht logisch. Darauf sollte er besser nicht hören, oder?

Leon packte das Drachenschwert und lief los. Bestimmt gab es noch einen anderen Weg aus der Burg, und den wollte er finden. Draußen würden sie warten, bis der Blaue Wolf verschwunden war, und dann wieder zurückkehren und den Stein der Weisen weitersuchen.

Die Burg war der reinste Irrgarten. Schon ein paar Zimmer weiter drehten sich die drei verwirrt um die eigene Achse und rätselten, wohin sie weiterlaufen sollten.

„Drachenherz, führ uns!“, bat Leon. Doch der Drachenkopf am Griff blieb das, was er war: ein Kopf aus Metall.

„Ich verstehe das nicht, was ist los mit Drachenherz?“, schimpfte Leon. Da er von seinem Schwert offensichtlich keine Hilfe zu erwarten hatte, drückte er auf die Spitze und ließ es einfahren. Er steckte den Füller ein.

„Los, kommt!“, kommandierte er und lief einfach los. Seine Freunde folgten ihm.

Ein paar Räume weiter packte Lara Leon und

Chip aufgeregt am Ärmel ihrer Jacken und hielt sie entschlossen zurück.

„Seht mal“, flüsterte sie.

Die beiden Jungen warfen einen Blick durch die Tür in den Raum dahinter. Darin sah es aus wie in einer Rumpelkammer.

Wie bei uns auf dem Speicher, fuhr es Leon durch den Kopf. Hier waren offenbar all die Sachen hingebracht worden, die niemand mehr brauchte.

Doch zwischen all dem Plunder hatte Laras Auge etwas blitzen sehen. Und tatsächlich! Dort, direkt vor ihnen, zwischen lauter Gerümpel, lag der Stein der Weisen. Und in ihm steckte das Schwert, von dem Prinz Larus gesprochen hatte.

Mädchen sind manchmal gar nicht so blöd, dachte Chip. Aber das sagte er natürlich nicht laut.

Eine schwere Verletzung

Anerkennend hob Leon den Daumen.

„Los, wir müssen das Schwert rausziehen!“, sagte er und stürzte darauf zu.

Im selben Moment kam der Blaue Wolf durch die andere Tür in den Raum. Mit drohendem Knurren jagte er ebenfalls auf den Stein zu.

Leon bemerkte ihn, schob alle Angst beiseite und war als Erster beim Schwert. Ihn überkam ein Gefühl, besser nicht zu tun, was er nun vorhatte. Doch er achtete nicht weiter darauf, umfasste den Griff des Schwertes mit beiden Händen und zog daran.

Zuerst bewegte es sich nicht. Erst als er heftiger riss, fuhr es aus dem Stein, und Leon landete rücklings auf dem Boden.

Der Wolf heulte auf, als wäre er von einem Schuss getroffen worden und schwer verletzt. Steif stand er da.

Verwirrt blickte Leon ihn an.

Durch das offene Fenster kam der weiße Paradiesvogel herein und segelte laut kreischend auf Leon zu. Bevor der reagieren konnte, hatte ihm der Vogel das Schwert auch schon entrissen.

Nun kam wieder Leben in den Wolf. Er straffte sich und setzte zum Sprung an, um das Schwert an sich zu bringen. Leon hechtete ihm nach, bekam seine Hinterläufe zu fassen und riss ihn zurück. Samello flog ungehindert nach draußen und verschwand mit heftigem Flügelschlag in der Ferne.

Der Wolf strampelte sich frei, wirbelte herum und fletschte die Zähne. Sein Knurren klang nicht mehr warnend oder drohend, sondern vorwurfsvoll und zornig. Dann jagte er mit großen Sätzen aus dem Raum.

Lara und Chip liefen zum Fenster, um zu sehen, ob der Wolf den Paradiesvogel verfolgte.

Chip schnappte hörbar nach Luft. Er deutete nach unten zum Fuß des Schlossbergs und stammelte: „Die Ritter … die steinernen Ritter."

Aus der Tiefe kam ein heftiges Knirschen, als würden riesige Steinplatten gegeneinander verschoben.

Die steinernen Ritter waren nicht länger starr und leblos. Sie hatten begonnen, sich zu bewegen, und marschierten auf der Stelle.

„Wie kann das sein?“, staunte Leon. Offenbar hatten sie das Heer zum Leben erweckt, indem sie das Schwert aus dem Stein gezogen hatten.

Mit mächtigen Sprüngen hetzte der Blaue Wolf zwischen den steinernen Rittern hindurch. Aber diesmal kam er nicht weit, denn die Krieger begannen nach ihm zu schlagen.

Die Schmerzensschreie des Wolfes gingen den drei Freunden durch Mark und Bein. Schwer verwundet und heftig blutend tauchte das Tier am anderen Ende der Schlachtreihen wieder auf. Seine Vorderbeine knickten ein. Nur mit den Hinterläufen schob es sich mit letzter Kraft aus der Reichweite der steinernen Ritter. „Wir … Was sollen wir tun?“, fragte Lara entsetzt.

Leon und Chip wussten es auch nicht. Prinz Larus hatte sie doch ausdrücklich vor dem Blauen Wolf gewarnt. Aber sie konnten ihn auch nicht so schwer verletzt dort liegen lassen. Die drei liefen los.

Das Stampfen tausender steinerner Stiefel dröhnte den Drachenrittern entgegen.

Der Boden bebte.

Als Leon und seine Freunde den Blauen Wolf erreichten, atmete er nur noch flach. Er lag auf der Seite, und seine weißen Augen waren halb geschlossen.

„Es … es könnte auch ein Trick sein. Vielleicht springt er gleich hoch und stürzt sich auf uns!“, warnte Chip.

Doch Leon hörte nicht auf ihn. Diesmal vertraute er ganz seiner inneren Stimme. Sie drängte ihn, dem verletzten Wolf zu helfen.

Aber was konnte er für ihn tun?

Der Wolf schien schwer verwundet zu sein. Leon wagte nicht einmal, ihn anzufassen, aus Angst und Sorge, er könnte seinen Zutand noch verschlimmern.

„Jock!“, brüllte er.

Ob ihn der Chamäleondrache hörte?

„Ja, bitte?“ Jocks Stimme kam nicht aus der Luft, sondern von hinten. Er hatte die ganze Zeit am Fuße des Burgberges hinter einem Wall aus Steinen gelegen. Gähnend und sich reckend kam er nun hervor. „Ich warte schon eine ganze Weile auf euch.“

„Wieso?“ Leon war fassungslos.

Jock deutete auf den Blauen Wolf. „Weil er mich geholt hat. Er meinte, ihr werdet meine Hilfe brauchen.“

Leon und den anderen verschlug es die Sprache. „Aber … wieso … kannst du mit dem Blauen Wolf reden?“

„Na ja, viel verstehe ich nicht von dem, was er sagt. Aber ein bisschen schon“, erklärte Jock.

„Wer kann ihm helfen?“, fragte Leon aufgeregt und besorgt zugleich.

Jock wusste es sofort: „Emanuel, er kennt sich aus. Wir bringen den Zerrus zu ihm.“

Der Chamäleondrache nahm eine Gestalt an, die eine Mischung aus Känguru und Drache war, und klappte eine Bauchtasche auf. Geschickt schob er sie über den Boden und beförderte den verletzten Wolf hinein.

Sobald Leon und seine Freunde aufgestiegen waren, flog er los.

Sein wahres Gesicht

Der Paradiesvogel kreischte den ganzen Weg von der Burg in der Steinwüste bis zur Höhle auf dem Monte Cristallus. Larus hörte ihn schon von Weitem und kam ins Freie gestürzt. Gierig streckte er die Hände aus, in die der Vogel sofort das Schwert fallen ließ.

„Endlich … endlich habe ich dich!“, seufzte Larus. Feierlich nahm er es mit beiden Händen, hielt es aufrecht vor sich und sagte beschwörend: „Im Namen der Schwarzen Macht, ich befehle der Armee der steinernen Ritter, mir zu Hilfe zu kommen. Vernichtet den Blauen Wolf, zertrümmert den Monte Cristallus und unterwerft danach das Land und alle Bewohner. Denn ich, Larus, bin der neue Herrscher der Unsichtbaren Welt. Und ich werde es auch sein, der der Dunklen Macht in der Welt der Menschen zum Sieg verhilft!“

Der junge Mann begann, das Schwert im Kreis zu schwenken. Ein Donnern und Grollen erhob sich, und schwarzer Rauch stieg von der Klinge auf. Eine dünne Rauchfahne quoll zu einer gigantischen Wolke auf, die sich mit großer Geschwindigkeit über das Land bewegte.

Grelle weiße Blitze zuckten daraus hervor, während sie auf die steinerne Wüste zusteuerte. Dort blieb sie genau über der Armee der steinernen Ritter stehen. Die Blitze hüllten die Kämpfer in knisternde Elektrizität. Der größte und dickste Blitz aber traf den Anführer, der sein Schwert in die Luft stieß. Nicht länger tänzelte das Pferd auf der Stelle, sondern galoppierte los. Die steinernen Ritter folgten ihm und schienen keine Mühe zu haben, Schritt zu halten.

Der Paradiesvogel war so hoch in die Luft gestiegen, dass er bis zur steinernen Wüste sehen konnte. Mit schrillen Schreien berichtete er seinem Herrn von den Ereignissen.

Larus stand vor der Höhle, ein Bein auf einen der Kristallfelsen gestellt, und hielt das Schwert in die Höhe.

Er hatte es geschafft. Endlich, nach so vielen Jahren. Er war Herrscher über eine ganze Welt.

„Ich bin unbesiegbar!“, brüllte Larus triumphierend in den Wind.

Die steinerne Armee waren die Ritter seines Vaters, ihr Anführer sein Vater selbst. Larus hatte alle in steinerne Sklaven verwandelt, die auf sein Kommando hörten, wenn er das Schwert des Bösen schwang. Larus war bereits mit drei Jahren der mächtigste Magier der Unsichtbaren Welt gewesen. Schon als kleines Kind hätte er alle besiegen können, bis auf Lord Drakill, den Höllenritter, der eines Tages direkt aus der Unterwelt aufgestiegen war.

Larus wusste, dass er machtlos gegen ihn war, und deshalb hatte er sich auch von seinem Getreuen Samello in die Höhle hoch oben im Kristallgebirge bringen lassen.

Aber Lord Drakill war tot.

Larus war der neue Herrscher, und der Rausch der Macht ergriff ihn und gab ihm das Gefühl, fliegen zu können.

„Alle müssen tun, was ich verlange!“, brüllte er in den Sturm, der sich erhob und sein langes Haar flattern ließ. Das einst so edle Antlitz des jungen Mannes verzerrte sich zu einer machtgierigen, bösen Fratze.

Auch mit seinem Paradiesvogel ging eine seltsame Verwandlung vor sich. Das seidige weiße Gefieder sträubte sich und wurde zu einem Stachelkleid. Das Weiß ging in ein giftiges Grün über, und aus dem Paradiesvogel wurde ein Urvogel mit spitzen Zähnen im langen Schnabel.

Die schwarzen Wolken verfärbten sich blutrot, als Larus' steinerne Armee wie ein Heer von Robotern durch das Land zog, zerstörte, vernichtete, brandschatzte und alles niedertrampelte, was sich ihm in den Weg stellte.

Die steinernen Ritter waren nun nicht mehr aufzuhalten.

Leons Plan

Jock war mit seiner schweren Last zum Pfahlbau am Ufer des Weißen Sees zurückgeflogen, in dem der Riese Emanuel wohnte.

Da es sich um einen Notfall handelte, hatte Jock das Dach einfach mit den Krallen abgehoben und sich vorsichtig unter heftigem Flügelschlagen in die Hütte gesenkt. Emanuel hatte den schwer verletzten Blauen Wolf mit seinen riesigen Händen behutsam aus der Kängurutasche an Jocks Bauch geholt und auf einen Tisch gelegt. Leon und seine Freunde stiegen ab, und der Chamäleondrache flog Richtung See davon. Er landete am Ufer.

„Kannst du ihn retten?“, wollte Leon von Emanuel wissen.

„Ich verspreche nichts“, murmelte Emanuel und holte mehrere Tiegel aus dem Regal.

Mit großer Sorge beobachtete Leon den Brustkorb des Tieres. Er hob und senkte sich kaum. Während des Fluges hatten die drei Drachenritter begriffen, was in der Unsichtbaren Welt vor sich ging.

„Der Blaue Wolf wollte uns warnen … und abschrecken!“, sagte Leon leise. „Ich habe das auch gespürt, aber nicht verstanden. Ich dachte … er kann … nur böse sein … weil er so aussieht. Seine Augen sind unheimlich.“

„Dieser Larus besitzt die Dunkle Macht“, sagte Lara düster.

„Larus?“ Emanuel sah auf. Er betupfte gerade die Wunden des Wolfes mit einer gelblichen Salbe. „Sagtet ihr Larus?“

Hastig berichteten die drei Freunde, was sie erlebt hatten.

„Dann weiß ich auch, wer der Blaue Wolf ist“, erklärte Emanuel.

„Wer?“, fragten die drei wie aus einem Mund.

„Der Lehrmeister von Larus. Ein Magier, der aber immer nur Weiße Magie betrieben hat und seine Kräfte niemals verwendet hätte, um anderen zu schaden.“

„Aber wieso hat er sich in einen Zerrus verwandelt?“, wollte Leon wissen.

„Es sind damals seltsame Dinge geschehen. Das Heer von Larus' Vater wurde zu Stein, aber nicht nur das Heer, sondern auch er und alle Bewohner der Burg. Es wird erzählt, dass Larus seinen Vater, einen mächtigen Ritter, und dessen Männer versteinert haben soll, um eine Armee zu besitzen, die unbesiegbar ist und alle seine Befehle ausführt."

Chip schluckte. „Und der Wolf? Ich verstehe nicht, wieso der früher ein Magier gewesen sein soll? Hätte er diese Versteinerung nicht rückgängig machen können?"

Emanuel zuckte ratlos mit den Schultern. „Larus hat seinen Lehrmeister mit einem magischen Fluch belegt, sodass er als Blauer Wolf herumirren muss."

„Das Drachenschwert konnte ihn nicht ernsthaft verletzen", gab Leon zu bedenken.

„Die steinernen Ritter aber schon!", erwiderte Emanuel. „Der ehemalige Lehrmeister hat auch als Wolf versucht zu verhindern, dass Larus seine Dunkle Macht ausüben kann."

Leon holte das Drachenschwert heraus und strich über die Klinge. Er verstand viel zu spät, warum es sie im Schloss zu einem falschen Saal geführt hatte: Es wollte ihn auf diese Weise warnen und davon abhalten, Larus sein Schwert zu beschaffen.

„Dieser Stein ist kein Stein der Weisen, sondern er muss etwas mit der Versteinerung der Ritter zu tun haben“, überlegte Leon. Lara und Chip stimmten ihm zu. „Emanuel, könnten wir den Zauber vielleicht brechen, wenn wir diesen Stein zum Beispiel … zerschmettern?“, wollte Leon wissen.

Doch Emanuel wusste keine Antwort auf diese Frage. Er war kein Magier.

Ein Adler kam im Sturzflug vom Himmel und durch das offene Dach. Er landete auf einem Regal und gab aufgeregte Laute von sich. Emanuel hörte ihm zu und übersetzte: „Die steinernen Ritter verwüsten nicht nur das Land, sie steuern auch auf den Monte Cristallus zu, um Larus zu holen. Ohne fremde Hilfe kommt er von dort nicht herunter. Die Ritter sollen den Berg wohl zertrümmern und ihn befreien.“

Leon und seine Freunde wussten, was das bedeutete: Die steinernen Ritter mussten gestoppt werden. Es war die letzte Möglichkeit, um Larus’ Macht zu brechen.

„Ich habe einen Plan“, verkündete Leon. „Ihr, Chip und Lara, kehrt in die Burg zurück und sucht den Stein. Zerstört ihn, vielleicht kann der Zauber damit gebrochen werden.“

Als er das sagte, öffnete der Blaue Wolf seine Augen. Sie waren auf einmal nicht mehr unheimlich weiß, sondern menschlich braun, tief und weich. Nur mit seinem Blick schien der Wolf Leon zuzustimmen.

Dadurch bestärkt, erklärte Leon den zweiten Teil seines Planes: „Ich bin der Drachenritter, und deshalb muss ich mich den steinernen Rittern entgegenstellen.“

Seine Freunde tippten sich an die Stirn. „Du? Allein gegen eine Armee?“

„Ich ... ich muss ... das bin ich meinem Großvater und der Ehre der Drachenritter schuldig. Ich ... ich habe nicht auf meine innere Stimme gehört und die Zeichen des Schwertes nicht beachtet. Wenn ich jetzt einfach kneife, dann bin ich ein elender Feigling.“

„Bist du nicht!“, widersprach Emanuel. „Leon, überlege dir, ob das wirklich eine gute Idee ist.“

„Ja, es ist der richtige Plan. Ich versuche, die

Armee aufzuhalten, bis Lara und Chip den Stein der Weisen zerstört haben", erwiderte Leon entschieden. „Larus soll sehen, wer wir sind."

„Viel Glück", sagte Emanuel fast mitleidig.

Schnell ist manchmal besser als stark

Jock weigerte sich, Leon vor der Kampflinie der steinernen Ritter abzusetzen. Dieses Vorgehen hielt der Drache für viel zu gefährlich.

„Ich könnte dich genauso gut in einen Vulkan werfen“, schnaubte er verächtlich.

„Ich weiß, was ich tue!“, versicherte ihm Leon. „Und wenn du mich nicht absetzt, dann springe ich eben!“

Der Drache wandte den Kopf zur Seite und musterte ihn mit seinen dunklen Augen. „Das würdest du tatsächlich tun?“, schrie er gegen das Rauschen des Windes an.

Leon nickte heftig.

Jock ging sofort tiefer. Am Horizont waren die steinernen Ritter aufgetaucht. Hinter ihnen stiegen Rauchfahnen auf, und der Feuerschein brennender Dörfer war weithin zu sehen.

Nach der Landung stieg Leon ab und klopfte

Jock lobend den Hals. Der Drache beugte sich ganz nahe zu ihm und flüsterte: „Du bist wie dein Großvater. Der hätte sich auch nicht anders verhalten. Er wäre stolz auf dich."

Leon lächelte verlegen.

Wie ein weißer Pfeil verschwand Jock Richtung Steinwüste.

Leon blickte den steinernen Rittern entgegen. Mit einem scharfen Zischen verwandelte sich der grüne Füller in das Drachenschwert. Besorgt sah Leon, dass der Drachenkopf am Griff ängstlich das Maul verzogen hatte.

Die steinerne Armee stampfte näher. Ihnen voran der Anführer auf seinem riesigen Schlachtross, Larus' Vater.

Leon holte tief Luft und hob das Schwert. Um noch unerschrockener zu wirken, hielt er es nur in einer Hand.

Der Heerführer bemerkte ihn und nahm seine Herausforderung an. Er ließ sein Pferd seitwärts treten, schwang das eigene Schwert hoch über den Kopf und holte zu einem Hieb aus, der Leon vernichten sollte.

Doch der erste Schlag ging ins Leere. Der steinerne Ritter und sein Ross waren nämlich schwerfällig und träge, während Leon leichtfüßig und geschickt ausweichen konnte.

Schon setzte der Ritter auf dem Pferd zum nächsten Schlag an, aber auch diesmal verfehlte er sein Ziel. Langsam setzte sich das gesamte Heer wieder in Bewegung und kam auf Leon zu.

Du musst den Anführer ausschalten, fuhr es Leon durch den Kopf.

Aber wie sollte ihm das bei diesem mächtigen Ritter gelingen?

Unterdessen hetzten Lara und Chip durch die Burg des mächtigen Ritters.

„Wir … wir finden den Stein nicht mehr", jammerte Chip.

„Heulsuse!", schimpfte Lara und zerrte ihn am Pulli weiter. „Mir kommt der Raum bekannt vor. Hier waren wir auch beim ersten Mal. Der Stein kann nicht weit sein."

Die beiden rannten und rannten.

Und schließlich fanden sie den angeblichen Stein der Weisen. Noch immer war der Schlitz zu erkennen, in dem das Schwert gesteckt hatte.

Lara sah Chip fragend an: „Nimmst du ihn oder ich?"

„Beide, das Ding ist sicher sehr schwer!“, antwortete Chip.

Und er hatte recht. Der Stein war sogar zu zweit kaum zu tragen. Keuchend und ächzend beförderten sie ihn zum Fenster und wuchteten ihn auf die Fensterbank. Dann hatten sie es geschafft: Der Stein kippte über die Kante und stürzte in die Tiefe. Unter dem Fenster ging es senkrecht bis zum Fuße des Burgberges hinab. Es schien eine Ewigkeit zu dauern, bis der Stein dort ankam und mit einem Knall in Tausende Splitter zersprang.

„Geschafft!“, schnaufte Lara.

Erschöpft, aber glücklich verließen sie die Burg. Hoffentlich hatten sie Leon geholfen.

Der letzte Kampf

Am aufgeregten Kreischen von Samello erkannte Larus, dass sein sicher geglaubter Sieg doch noch in Gefahr zu geraten schien.

„Der Drachenritter hat sich der steinernen Armee in den Weg gestellt?“, tobte er. „Er muss wohl lebensmüde sein. Sie werden ihn vernichten! Das schafft er nie.“

Und Leon war tatsächlich alles andere als wohl in seiner Haut. Der Heerführer holte immer wieder zum Schlag aus, um Leon mit seinem Schwert ein für alle Mal aus dem Weg zu räumen. Doch er verfehlte ihn wieder und wieder.

Leon wich den wuchtigen Schlägen aus, duckte sich, sprang zur Seite und tauchte geschickt unter der Klinge durch, während die anderen Ritter ihm immer näher kamen.

Er atmete keuchend. Er konnte nicht mehr und beschloss, seine Taktik zu ändern. Entschlossen hob er Drachenherz, um den kommenden Schlag zu parieren. Es pfiff, als das Schwert des Heerführers die Luft zerschnitt.

Mit beiden Händen umklammerte Leon den Griff des Drachenschwertes, um es nur ja nicht zu verlieren. Aber der Hieb war so mächtig, dass Leon wenig Hoffnung hatte, diesem Schlag widerstehen zu können.

Doch kurz bevor die beiden Waffen aufeinandertrafen, schien der mächtige Anführer plötzlich wie gelähmt, nur sein Pferd stampfte noch auf der Stelle. Vorsichtig sah Leon sich um. Anscheinend waren alle Ritter mitten in der Bewegung erstarrt, zuckten nur noch hier und da.

„Geschafft!“, keuchte Leon glücklich, „Lara und Chip haben den Stein zerstört.“

Doch Leon war klar, dass die Gefahr noch nicht vorüber war.

Im Moment war das Heer gestoppt, aber um die steinernen Ritter endgültig zu besiegen, musste er an Larus herankommen, der die Armee mit dem Schwert aus dem Stein der Weisen beherrschte.

„Jock, wo bist du?“, rief Leon laut.

Plötzlich wurde er gepackt und in die Höhe

gerissen. Eine starke Klaue schleuderte ihn auf einen breiten Rücken, wo er sich an dicken Hornschuppen festklammern konnte.

„Jock!“, keuchte Leon dankbar.

„Leon!“, äffte ihn Jock nach. „Keine Sekunde darf man dich unbeaufsichtigt lassen.“

„Jock, bitte, bring mich zum Monte Cristallus, wir müssen Prinz Larus das Schwert wieder abnehmen“, schrie Leon dem Drachen ins Ohr. „Machst du das?“

Statt einer Antwort raste Jock wie ein Pfeil durch die Luft. Vor ihnen tauchte das Kristallgebirge auf. Samello hatte sie sofort erspäht und stürzte sich mit wütenden Schreien auf Jock. Heftig attackierte er den Chamäleondrachen und wollte ihn zum Absturz bringen.

Leon schlug mit dem Drachenschwert nach Samello, traf ihn mit der flachen Klinge und brachte ihn so aus dem Gleichgewicht. Erleichtert sah er, wie der Urvogel taumelnd zur Erde trudelte und in einer Felsspalte verschwand.

Larus führte mit dem Schwert komplizierte magische Bewegungen aus und murmelte Beschwörungen. Er wollte den Stein, in dem das Schwert gesteckt hatte, über die Entfernung wieder zusammenbauen, um das Heer seines Vaters erneut in Bewegung zu setzen.

Leon nutzte seine Chance, holte aus und schlug Drachenherz mit aller Kraft gegen Larus' Schwert. Doch Larus wankte nicht einmal. Jock wendete und kam zurückgeschossen. Der Prinz holte zu einem heftigen Hieb aus, aber Jock bot keine Breitseite, sondern wich geschickt nach oben aus. Larus' Schlag ging ins Leere. Jock nützte die Überraschung des dunklen Prinzen, ließ sich tiefer sacken, und Leon landete einen Schwerthieb auf Larus' Arm.

Mit einem Schrei ließ der sein Schwert fallen. Es glitt zwischen zwei Kristallfelsen, rutschte ab und schlitterte von dort immer weiter talwärts, bis es in einer tiefen Spalte Hunderte Meter in das Innere des Berges fiel.

Zornig ballte Larus die Faust.

„Ich werde mir mein Schwert zurückholen, Leon Drachenherz. Und dann vernichte ich dich. Das schwöre ich."

Noch lange sah Leon zu der Gestalt mit dem flatternden blonden Haar zurück, die einsam auf dem Monte Cristallus stand.

Ohne seinen Vogel würde Larus sicher bald

verhungern, mutmaßte er. Aber Larus war gerissen. Ob er einen Ausweg fand?

Leon und Jock flogen zuerst zur Burg zurück, um Lara und Chip zu holen. Unter sich sahen sie die steinerne Armee, die wieder erstarrt war. Solange das steinerne Schwert nicht in Larus' Hände geriet und er oben in der Kristallhöhle gefangen war, ging keine Gefahr von ihr aus.

Von der Brücke aus winkten Chip und Lara ihnen schon freudestrahlend zu. Jock ließ die beiden aufsteigen. Gegenseitig berichteten sie sich von den Ereignissen. „Ohne euch hätte ich es niemals geschafft", sagte Leon mit einem breiten Grinsen zu seinen beiden Getreuen. „In dem Moment, als ihr den Stein zerstört habt, sind die Ritter erstarrt und konnten sich nicht mehr von der Stelle rühren. Ich hätte auch keine Sekunde länger durchgehalten."

Jock brachte die drei zu Emanuel, wo sie schon erwartet wurden.

Zwar lag der Blaue Wolf noch immer auf dem Tisch, doch das Schlimmste hatte er offensichtlich überstanden.

„Er wird gesund werden", versicherte ihnen Emanuel. „Und da ich seine Sprache verstehe, wird er mir sicher noch vieles berichten können. Larus ist noch nicht geschlagen. Aber er hat sein wahres Gesicht gezeigt, und wir kennen sein Ziel, das er nie erreichen darf."

Leon und seine beiden Freunde konnten da nur zustimmen.

„Wir müssen jetzt aber zurück!", drängte Lara. „In unserer Welt ist es sicher schon spät!"

Die Drachenritter verabschiedeten sich und versprachen, Emanuel bald wieder zu besuchen. Leon schnitt einen Durchgang zur Sichtbaren Welt und stellte erleichtert fest, dass der sie direkt in ihr Zimmer in der Jugendherberge führte. Bevor Chip und er hindurchgingen, öffnete er schnell für Lara eine zweite Tür, durch die sie in ihr Zimmer gelangte.

Hastig zogen sich die Jungen aus und schlüpften unter die dünnen Decken. Über ihnen war es völlig still. Was war mit Brutus und Ralph?

Die Zimmertür wurde geöffnet, und Licht fiel in den dunklen Raum. Im hellen Rechteck der Türöffnung konnten sie Herrn Benedikt stehen sehen. Hinter ihm drängten sich Brutus und Ralph.

„Sie sind noch nicht da!", petzte Brutus.

Herr Benedikt beugte sich zu den unteren Betten und schüttelte verwundert den Kopf.

„Ich weiß nicht, was ihr habt. Hier sind sie doch!“, sagte er.

Fassungslos stürzten die beiden Jungen an ihm vorbei und starrten ungläubig auf Leon und Chip, die sich natürlich schlafend stellten.

Brutus stieß Ralph unsanft in die Seite. „Du hast wohl gepennt und vor der Tür nicht richtig aufgepasst, was?“

„An mir ist keiner vorbei, und das Fenster ist vergittert“, wimmerte Ralph.

„Wir sprechen uns morgen“, sagte Herr Benedikt streng zu Brutus.

Leon aber hielt den alten grünen Füller in seiner Hand und streichelte mit dem Daumen über den Drachenkopf am Clip.

Manchmal konnte das Leben als Drachenritter sehr komisch sein. Er freute sich schon auf das nächste Abenteuer in der Unsichtbaren Welt. Auch wenn er oft etwas falsch machte, es störte ihn nicht mehr so sehr. Denn man konnte fast jeden Fehler wieder gutmachen. Und nach jedem Abenteuer fühlte er sich ein bisschen stärker und glücklicher!

Thomas Brezina

schreibt jede Menge lustige Familiengeschichten, aufregende Abenteuer und spannende Krimis, weil das für ihn das Schönste auf der Welt ist. Seine Bücher sind bisher in 35 Sprachen übersetzt und werden in Spanien, Frankreich, China, Russland, Brasilien und vielen anderen Ländern gelesen. Thomas sagt: „Ich möchte wie einer dieser Geschichtenerzähler sein, die früher von Burg zu Burg gezogen sind. Ich stelle mir immer vor, dass ich vor vielen Menschen stehe und meine Geschichten erzähle, und genauso schreibe ich sie auf."

Für das Fernsehen verfasst und präsentiert er die Wissenschaftssendung „Forscherexpress" und die interaktive Krimiserie „Tom Turbo", zu sehen auf ORF und NICK, auf SuperRTL moderiert er die „Spielegalaxie". Seine Bücher und Sendungen wurden weltweit bereits vielfach ausgezeichnet.

Als UNICEF-Botschafter Österreichs unterstützt er u. a. Schulprojekte in Afrika, da sie Kindern dort eine lebenswerte Zukunft ermöglichen.

Mehr über Thomas und Tipps für Referate auf der Homepage www.thomasbrezina.com.

Das neue Drachenherz-Abenteuer erscheint im Januar 2008!

Alles schien gut zu sein in der Unsichtbaren Welt: Lord Drakill ist endgültig besiegt, und Prinz Larus sitzt auf dem Monte Cristallus fest. Doch plötzlich droht neue Gefahr: Ein gewaltiger Feuerdämon bedroht die Menschen und will sich die Unsichtbare Welt unterwerfen. Leon und seine beiden Getreuen stellen sich der Bestie. Doch dann geschieht das Unglaubliche: Vor seinen Augen werden Chip und Lara in Feuer speiende Monster verwandelt. Leon muss das Gegenmittel für den Feuerfluch finden. Kann der Drachenritter seine Freunde retten?

ISBN 978-3-505-12449-5

Alle Fälle des Tiger-Teams
• mit Detektiv-Ausrüstung

Fall 1	Im Donner-Tempel	ISBN 978-3-505-10064-2
Fall 2	Der Pferde-Poltergeist	ISBN 978-3-505-10065-9
Fall 3	Das Geisterflugzeug	ISBN 978-3-505-10066-6
Fall 4	Die Ritter-Robots	ISBN 978-3-505-10067-3
Fall 5	An der Knochenküste	ISBN 978-3-505-10154-0
Fall 6	Der Fluch des Pharaos	ISBN 978-3-505-10155-7
Fall 7	Der Albtraum-Helikopter	ISBN 978-3-505-10156-4
Fall 8	Unsichtbare Ungeheuer	ISBN 978-3-505-10157-1
Fall 9	Der Teufels-Dampfer	ISBN 978-3-505-10351-3
Fall 10	Die Monster-Safari	ISBN 978-3-505-10352-0
Fall 11	Die Gruselgondel	ISBN 978-3-505-10412-1
Fall 12	Der Totenkopf-Helm	ISBN 978-3-505-10413-8
Fall 13	Lichter im Hexenmoor	ISBN 978-3-505-10536-4
Fall 14	Das Mumienauto	ISBN 978-3-505-10537-1
Fall 15	Die Krallenhand	ISBN 978-3-505-10634-7
Fall 16	Das vergessene Verlies	ISBN 978-3-505-10784-9
Fall 17	Piraten aus dem Weltraum	ISBN 978-3-505-10785-6
Fall 18	Feuerauge – streng geheim!	ISBN 978-3-505-10885-3
Fall 19	Der Reiter ohne Gesicht	ISBN 978-3-505-10886-0

Fall 20	Das Geheimnis der Grauen Villa	ISBN 978-3-505-10989-8
Fall 21	Das Phantom auf dem Fußballplatz	ISBN 978-3-505-10980-5
Fall 22	Die Feuer speiende Maske	ISBN 978-3-505-11158-7
Fall 23	Verschwörung am Höllenstein	ISBN 978-3-505-11159-4
Fall 24	Die Nacht der Ninjas	ISBN 978-3-505-11272-0
Fall 25	Die Internet-Banditen	ISBN 978-3-505-11273-7
Fall 26	Der Saurier-Friedhof	ISBN 978-3-505-11422-9
Fall 27	Geheimauftrag für einen Vampir	ISBN 978-3-505-11423-6
Fall 28	Der Geist im Klassenzimmer	ISBN 978-3-505-11476-2
Fall 29	Das Schwert des Samurai	ISBN 978-3-505-11477-9
Fall 30	Im Palast der silbernen Panther	ISBN 978-3-505-11584-4
Fall 31	Schatzjagd am Biberfluss	ISBN 978-3-505-11598-1
Fall 32	Die Festung der Haie	ISBN 978-3-505-11679-7
Fall 33	Das verbotene Labor	ISBN 978-3-505-11680-3
Fall 34	Das Drachentattoo	ISBN 978-3-505-11923-1
Fall 35	Das unheimliche Foto	ISBN 978-3-505-11967-5
Fall 36	Die weiße Frau	ISBN 978-3-505-12071-8
Fall 37	Das Piraten-Logbuch	ISBN 978-3-505-12121-0
Fall 38	Die Stunde des Hexenmeisters	ISBN 978-3-505-12239-2
Fall 39	Die Insel der Geistergorillas	ISBN 978-3-505-12282-8
Fall 40	Geheimtreff Schule – Mitternacht	ISBN 978-3-505-12356-6
Fall 41	Der Goldschatz des Gladiators	ISBN 978-3-505-12384-9

www.schneiderbuch.de

EGMONT Verlagsgesellschaften

Schneider Buch